明日之言

あしたのことば

[日] 森绘都 著
张苏 译

中国出版集团
中译出版社

目录

回家的路

白子 绘

1 小律

放学后，在一片喧闹的教学楼大厅，周也突然“哟”的一声向我走来，吓得我一颤。

“欸？周也，今天不练棒球吗？”

“今天不练！教练说他有急事。”周也一边脱室内鞋[①]，一边解释说。他的袜子上破了个大洞，调皮的大拇趾展露在外。在把它完整地塞进运动鞋之后，周也还是一直没有要走的样子。看来他是想顺路跟我一起回家。

---

① 日本校园的教学楼入口处（大厅）一般设有储物柜，学生进校后须换上室内鞋再前往教室，离校时再换回室外用鞋。

周也从小学四年级就一直和我同班，家也离得很近，所以在他加入棒球队之前，我们经常一起上学、放学回家。然而，对今天的我来说，和周也一起回家的路，仿佛遥远得漫无尽头。

慢慢悠悠地换好鞋走出校门，五月的天空此时依旧亮着，西下的夕阳将操场上飞舞的尘沙染成一片金黄。

“啊，好饿啊！今天的晚饭会是什么呢？明天的配餐会是什么呢？”

“喂，小律，昨天的棒球你看了吗？”

“暑假还有多少天才能到啊……”

周也说起话来，话题总是跳来跳去的，然而今天我并不想理他。周也一如既往自顾自地说着话，仿佛什么也没发生过一样，看样子好像只有我一个人对那件事耿耿于怀。

仅一步之遥的藏青色帽衫，在我眼前一点点暗了下来。

今天午休时，我们五个朋友一起聊天，发起了“喜欢哪一个”二选一问答。“山川还是大海”“夏天还是冬天”“汉堡肉还是煎饺”“牙刷选软刷毛还是硬刷毛”——听到问题后大家按顺序做出回答。

“海”“海”“山”“海”……大家纷纷说出自己的答案，只有我一个人跟不上节奏。“选哪个好呢？好像哪个都可以……”在我含含糊糊犹豫不决的时候，周也忽然用不耐烦的眼神瞪着我说：“哪个都喜欢，和哪个都不喜欢，不是一样的吗！”

我感觉自己的心口仿佛被什么尖锐的东西猛地刺了一下，那东西一直扎到现在，怎么都甩不掉。

大概是因为我的无言冷落让周也感到尴尬，他的话也越来越少。在走过大街踏上过街桥的时候，我们俩终于一言不发，只剩沉默。周也一边上台阶，一边与我拉开距离，渐行渐远。这一年里猛然蹿高的个头，愈发稳健有力的步伐，都意味着比我早出生半年

的周也，从此以后无论何事都能跟上节奏，一路狂奔，就这么突飞猛进下去吧。

哎……无声的叹息从我口中溢出，落入脚下的阴影之中。为什么，我总是轻易停下脚步？为什么，我就不能把自己的想法好好地说出来？我喜欢海的这些地方，也喜欢山的这些地方，如果我能把“这些”用具体的语言表达出来，就能大大方方地和周也肩并肩走在一起了吧。假如“哪个都喜欢”和“哪个都不喜欢”可以画等号的话，那么“说不出口的”和“不存在的”难道也是一样的？越是这样思考，我的心越是沉重。

快走到市立公园步行道的时候，我已经落后周也有一段距离了。没办法，追不上了。我心灰意冷，不由得抬头望天，就是这一刻，我看到了令人难以置信的画面。

淋浴喷头的水柱从天的那边扑面而来。

当然啦，这是不可能的。然而，不知为何脑海中瞬间浮现出游泳后去冲淋浴的场景，我想这可能是公园里绿意蓬发的初夏气息所致。

“哇哦！”

“怎么回事！”

我们缓了会儿才意识到，此刻头上、脸上、全身上下的水珠，真的是雨水。明明是晴天却突然下起雨来，太不正常了。我和周也手忙脚乱、慌作一团，没来由地又喊又跳。眨眼间太阳雨就停了，我俩指着对方湿漉漉的脑袋，哈哈大笑起来。

真的是一瞬间发生的事，骤然坠落的雨滴，把什么都给冲走了。周也精心吹好的刘海现在软塌塌地趴在额头上，那滑稽的样子看得我不禁捧腹大笑，笑着笑着才发现，横在心口的异物消失了。

“大笑风波”过去后，我开始为自己的愚蠢感到羞耻，为了遮掩此刻的难为情，我赶快移开视线。柏油路面上积水的地方，在夕阳的照射下水光粼粼，那耀眼的光芒仿佛给了我勇气，就是现在！我想，如果现在不说，就再也没有机会了。

“我，虽然喜欢晴天，但是，偶尔也会，喜欢雨天。”

我用尽全力鼓足勇气，却还是语无伦次，声音更是底气全无。

“我是真的，两个都喜欢！”

周也睁大眼睛，直直地盯着我的脸，然后默默点了点头，非常罕见地没说一句话，但我很清楚他已经理解我的想法了。

“走吧！”

“嗯！”

被雨淋湿的地面上响起了比刚才更为轻快的脚步声，我们俩又向前出发了。

2 周也

“假装什么事都没发生的话，这件事自然就过去了。”在走出校门短短几分钟，转过第一个拐角的时候，我不得不承认自己的想法实在是太天真了。无论我怎么努力地找话题，小律都不肯理我，他一声不吭。我只觉背后凉气渐长，小律他果然是生气了呀！这也是没办法的事呀！

中午休息大家一起聊天的时候，小律一直犹豫不决，给不出个痛快话，终于还是让我起了急，一激动，就说出了根本没必要说的话。本来只想稍微吐槽一下的，可一看到小律的表情，我就知道他生气了。

“大事不好”，在我意识到的时候，一切已经晚了。

从那时开始，小律一次都没正眼看过我。为此我特地缺席了棒球队的练习，早早就在教学楼大厅偷偷等他放学，结果虽然一起往家走了，但沉默的气氛实在令人尴尬，我只好东一句西一句地说着无关紧要的话。

“最近食堂新出了布丁耶，说起来也有好一阵子了呢……”

“要是蛀牙能自己治愈就好了……”

“听说山田的姐姐腹语很厉害，你知道吗？”

无论我说什么，从背后传来的都只有一些细碎的脚步声，而且我越是说话，那声音仿佛就离得越远。

下课后的人们正在朝四面八方散去，路上人影渐稀，母亲的话语不经意间从脑海中一闪而过。

“周也，你这么爱说话，为什么就掌握不好对话的‘投接球’[1]呢？所谓对话，首先要接到别人投过来的球，也就是接住别人讲的内容，然后再把球好好地投到对方手里，而你总是一个人不停地扔球，这不就和对着墙打乒乓球一样了吗！”

乒乓球？什么呀！那时的我对母亲的话不屑一顾，然而此刻，对着像墙壁一样沉默的小律不停说话的我，好像渐渐明白了母亲那番话的意思。确实，我说话太不过脑子了，叭叭叭叭……只顾着一通胡乱输出。如果能更明确地认准目标、投出好球的话，小律也不会不理我的吧？

可是，究竟什么才是“好球”呢？一旦开始思考这个问题，我的舌头就动不了了，一句话也说不出来，因为不知道该说什么。怎么办？越着急越张不开

① 投接球：棒球项目的一种基础练习，一般为两个人相互投接一个球。投球时须瞄准对方的手套，争取将球顺畅地投进对方的手套中，对方接住球后再投回来，如此反复。此项练习需要两人互相配合，接球方要把手套举到胸前，示意对方投掷的位置，而投球方更要注意瞄准对方手套中心，方便对方接住来球。

嘴，反倒是脚下的速度莫名地快了起来，像是要从小律身边逃走似的。

我俩就这样一言不发地走过了过街天桥，而在前面等着我们的，就是市立公园了。这条路的两旁树木林立，低垂密布的树枝彼此环绕，就像一条绿色隧道。在那里，你听不到人声、车声和工业噪音。我最受不了这种安静了！

准确地说，让我受不了的，是和别人在一起时的沉默。很快，这就让我焦躁不安、心神不宁，急着一定要说些什么才行。早在加入棒球队之前，经常和小律一起回家那会儿，我每次路过这个公园都忍不住“乱打乒乓”般地一通狂说，试图要将忽然沉静下来的空气搅热；而小律则全然不顾沉默的尴尬，总是径自安静地走着。

悄悄回头一看，果然今天的小律也正在从容不迫地迈着步子。树叶间洒下的阳光照得小律眯起了眼睛，抬头仰望树梢的样子看起来是那么淡定自若，这种我不具备的沉静姿态使我看得入了迷。忽然间，小律睁大了双眼。

怎么了？还没来得及思考，一滴雨水打在了我的脸颊上。大颗大颗的雨点啪嗒啪嗒坠地，是太阳雨——虽然我的脑子明白这是怎么回事，可也许是因为一直在想乒乓球的事情，有那么一瞬间，感觉有无数只白球在我眼前从天而降。

这是被我乱发的乒乓球的反击！

“哇哦！”我不由自主地跳了起来。

“怎么回事？”身后传来小律的声音。

我们一边淋雨，一边跳脚胡闹着。飞溅的水花、湿透的鞋子、彼此慌乱的样子，看上去戏剧性十足。很快，雨就停了，天空下爆发出爽朗的笑声，看到小律笑了，我一高兴便笑得更大声了。

令人惊讶的是，在我们放肆的笑声过去后，小律

突然一脸严肃地小声嘟哝道。

“我，虽然喜欢晴天，但是，偶尔也会，喜欢雨天。我是真的，两个都喜欢！”

确实如此，虽然晴天很好，但是像今天这样的雨天也非常开心啊！两个都喜欢的情况也是有的。我在内心深表赞同，却一下子不知道该怎么说才好，这种时候我只好闭着嘴，点点头。然而，不知为何，小律脸上的阴霾终于散去，回到了原来的样子，对我点了点头。

“走吧！”

“嗯！”

我和小律再次肩并肩一起出发，走在飘荡着湿润泥土气息的街道上。莫非，我想，虽然投球失败了，但我好像第一次接住了小律对我说的话。

那个女孩处不来

赤 绘

我们班有个很难相处的女孩，她的名字叫中泽真纪。

她是五年级二班头发最长的女孩，脚也长，皮肤水嫩水嫩的，看着挺漂亮的，就是感觉有点儿做作。男生都管她叫“冷美人”，可我总觉得她的眼神很可怕，简直就像怪物的眼神。

真纪一直把长相平平无奇的田中当手下使唤，还经常和那些打扮时髦的男孩子们一起嬉笑打闹，有时候又莫名其妙地靠近我们的小团体。我们几个很好说话，有人主动靠近的话是不会拒绝的，就这样，本来只有四个人的小团体，加上真纪和田中以后就变成了六个人。

每当我们六个人聚在一起的时候，我就会变得沉默寡言。

我本来是一个无论和谁在一起都能说个不停的人，唯独和真纪一人，总是聊不起来。跟她一起很难开口，好不容易说出一句来，也很快没了下文。

比如，我通常会说“今天好热啊”，然后真纪会非常冷淡地接一句“嗨，夏天嘛”。“夏天嘛”这话一说，我也没法接什么了。到了冬天也是一句“好冷啊”就没话说了。

真纪和我不仅聊不到一块儿去，相处起来更是问题不断。

之前，我说“想穿那种从肩膀上连下来的裤子”，然后就被真纪吐槽“你说的是不是salopette（连体裤）呀？什么‘从肩膀上连下来的裤子’，笑死人了！”

她那野兽般的眼神闪着光，一副嘲笑我的表情。

真纪喜欢像名流一样说外语，说什么都要换成外语，我根本不知道那些词都是什么意思。能用日语说的东西，用日语说出来不好吗？

平时明明很冷淡，但只要有男生进入视线范围内，真纪立刻就会换成娇嗔的声音说闹起来，真是看人下菜碟啊！

像真纪这样的女孩，通常一个班里总会有那么一两个，我这个人能不接触就不接触，对她们敬而远之。但是，这一招对真纪没辙。她身上散发着如花瓣般幽香的古龙水气味，总是主动向我靠近。

只要真纪在我身边，时间就过得极为缓慢，课间休息十分钟，仿佛就像十个世纪那么长。中午吃饭时也总感觉食之无味，因为不想看她那张面瘫脸，我的眼神总在四处飘荡。

实在是太、太、太难相处了！

真相可能更加残酷，我想真纪大概也受不了我吧，毕竟她都不怎么正眼看我，也极少跟我主动搭话，我讲什么梗她都是一副听不懂的样子，而且她看着我笑起来的时候感觉都是在冷笑。

大家一起走在楼道里的时候，走着走着，我就和真纪并排而行了，这时她会突然加快脚步，像竞走似的，转眼间就把我甩在身后。

那个人呀，绝对，不喜欢我。

哎！何止是不喜欢呀，我想真纪她肯定讨厌死我啦！我俩的关系就像破旧的木桥，随便一踩就摇晃得像要塌了似的。而让这种情况雪上加霜的事，就发生在某天的午休时刻。

真纪和田中经常在中午来找我们，于是四人团就又变成了六人团。那天中午也是这样，我们六个人围坐在桌子旁，学校的营养餐食之无味，我便半开玩笑地说："咱们学校的营养餐，也太会控盐了，这么省调味料，以后都不用再买咯！"

只是稍微调侃一下。在人类社会里，像这样加料式地吐槽，给平淡的生活加点儿味道，可是人生的智慧啊！

然而，我的话音未落，真纪就用十分粗鲁的声音对我说："哎哟，那你就把盐呀酱油呀都从家里拿过来，使劲往里加，得了高血压才好呢！"

那一瞬间，我感觉我的脑袋被一大块岩盐狠狠砸了一下，真的。

桌上的其他人也都被她的发言吓了一跳，现场陷入了一片寂静。大概过了两三秒，大家便假装无事发生，又你一句我一句地闲聊起来，而我好一阵子都没能缓过来。

真纪的声音在我的脑海里窜来窜去，那是她从未在男生面前发出过的、狂野的吼声。

那天晚上，我爆发了。

“啊啊啊！我受不了了！为啥我要被真纪那么挤对？学校的营养餐味道淡，这是全校学生都知道的事呀！我只是说出了大家的心声，她为啥要跟我发火啊？真的，她就是看我不顺眼吧！要真是这样，那我们也是彼此彼此！我才是，有过之而无不及地烦死她了！”

任我一顿发泄积怨的，是补习班的朋友美宝儿。我俩每周二和周四都会在补习班见面，下课后还会顺一半的路，一起乘电车，中途再分开各回各家。

因为是补习班的朋友，不了解学校里的人际关系问题，所以我可以毫无顾忌地跟她吐槽。

“不过我真的不明白，我和真纪明明没吵过架，为啥就弄成现在这个样子了呢？”

我从在补习班的时候一直说到回家的路上，一股脑把心中不快全吐了出来。就在我快要到站的时候，一直安静听我讲话的美宝儿突然开了口。“那个，水穗啊，”声音沙哑的美宝儿直盯着我的眼睛，“你和真纪，天生就合不来，仅此而已。”

“欸？”

“八字不合[①]，懂了吧！”

话说回来，美宝儿是当下罕见的六兄妹家庭中的长女，可能正因如此，她的性格非常沉稳。而我是家中的独生女，父母还经常不在家，所以我一直把美宝儿当亲姐姐看。

当如此靠谱的美宝儿竟若无其事地说出这句话时，我一下愣住了，大概有十秒钟，什么也说不出来。

“八字不合？”

差不多在第十一秒到来时，我弱弱地问出了声。

“是呀！”美宝儿颇具大姐风范地点了点头，“没

---

① 八字不合：日语写作“馬が合わない”（马不相和）。

辙，这就是与生俱来的性格不合，不是谁好谁不好的问题，为此烦恼也只是浪费时间，浪费脑细胞！”

“这……假如八字不合，愁也没办法？”

“对呀，八字不合就是这么回事，不合就是不合，最后只能分道扬镳。这种类型的人，谁都会碰到的。”

“都会碰到？”

“是呀，都会碰到，我也碰到过。”

“美宝儿你也……？”

“这就是人生呀！”

“啊……”

确实，听了美宝儿的这番话，等于宣布我和真纪的关系已经彻底没救了。

话虽如此，但听到“不是谁好谁不好”时，不瞒你说，我总算松了口气。

如果跟家长或者老师说的话，只会得到“不可以讨厌别人哦”“多看看别人的优点”之类的回复。但是，正因为找不到所谓的优点，我才会这样愁眉苦脸啊！

假设我们生来就八字不合，那么确实是没有办法啦！

我和真纪，谁都没错，全是八字的错！

我和真纪八字不合。

我和真纪八字不合。

我和真纪八字不合。

太不可思议了！脑海中不停重复着这句话，不知不觉，我恢复了元气。

我和真纪之间那难以形容的隔阂感，一直以来怎么都填不满的微妙距离，无法自然对视的双眼……这些莫名其妙的感觉被赋予了“八字不合”的名字后，不知道为什么，我一下子感觉轻松了很多。

“美宝儿，太感谢啦！我不难受了！”

告别之际，我给了美宝儿一个感谢的拥抱。

“水穗你可真单纯呀！”美宝儿笑了起来。

我和真纪现在依然很难相处。

那个声音、那张脸、还有她身上恼人的香水味，全都让我受不了。

话虽如此，打那以后，每当我对真纪感到恼火，脑内“苦水”直流时，我都会在心里像咒语一般默念“八字不合、八字不合”，这样一来，“苦水”也退去了一些。

对了，我还找到了一些类似的词语，比如“虫不爱”[①]。

虽然不太明白，但这个词是对“八字不合”的对象说的。

另外，性格不合的两人有时被比喻成“水和油”——彼此不相容。

对同一件事有这么多不同的表达，大概是因为从很久以前开始，不管在哪儿，谁都遇到过处不来的人

① 虫不爱：日语写作“虫が好かない”，意为不喜欢、讨厌。

吧。以前的日本人，将自己对这种人的愤怒之情，用“八字”“虫子”之类的说法巧妙地表达了出来，这就是人类的智慧呀！

我知道，你呀，和浅木家的克里斯托弗就是处不来对吧。散步的时候一遇见对方，立刻就露出尖牙，一副气势汹汹的样子。

确实，作为一只柴犬，你和阿富汗猎犬克里斯托弗，怎么看都不像同类，就好比芋羊羹和巧克力蛋糕，虽然同为甜点，实则却相差甚远。所以呢，你生气也没有用，纯粹是浪费体力！

生气的时候，使劲咽下去，悄悄在心里念叨：“没办法，谁叫我们‘犬猿之交’[1]呢！”

① 犬猿之交：日语写作“犬猿の仲”，意为相互间的关系水火不相容。

给富田队长的邮件

长田结花　绘

深吸一口气，慢慢吐出。

再深吸一口气，慢慢吐出。

美里紧盯着上课用的电脑屏幕，一次又一次地做着深呼吸，终于，她下定了决心。

在按下发送键的瞬间，她的心怦怦直跳，本以为按下去就没事了，结果按完后反而跳得更快了。

点进“已发送”的邮件夹，毫无疑问，里面躺着一封给富田队长的邮件。

这封信承载着美里沉重的心情，轻飘飘地“飞”进了对方的邮箱。

此刻美里带着一种听天由命的心情，想象着富田队长看到邮件时的惊讶目光。突然收到一封和课程完全无关的邮件，富田队长会怎么想呢？她会读到最后吗？她能理解我的意思吗？

触碰屏幕的指尖像被浑浊的水珠渗入一般，不安的感觉渐渐在身体里扩散开来。

“也许，她读了邮件，还是没办法理解我，但是，”美里将快要涌出眼眶的泪水使劲憋了回去，然后用力盯着屏幕，“但是，也有可能，她会理解我。”

富田队长：

你好，我是安冈。很高兴今天的报纸展示能进行得如此顺利。

二班做的报纸能像这样大受表扬，都是富田队长的功劳，整个版面的设计真的非常漂亮。

不过，对不起，我写这封邮件并不是为了说这些。

有件事一直横在我心里，虽然在做报纸的时候，我假装自己毫不在意，其实，我满脑子都是那件事。如果一直这么装下去，也许也能慢慢忘记，但是现在，我想给你写一封邮件。

首先想说的是上个月的排球大赛，当时我拖了大家的后腿，真的对不起。明明早就发过誓一定要夺冠，而且每天都利用午休时间进行特训，身为队长的你一直带领我们努力练习，老师也干劲十足。我们比其他班级努力得多，所以打到决胜赛的时候也总觉得，我们肯定能赢一班。

可是比赛一开始，我的身体忽然就僵住了，出现了一连串不该有的失误，结果遭到了一班的集中攻击，全队陷入恐慌，乱了阵脚。

因为我一个人的错，害得大家出乎意料地输掉了比赛。

比赛结束后，大家都哭了，而且是把作为队长的你围在中间哇哇大哭。但我却有种“不可以哭”的感觉，于是没有加入大家的阵营。

在从体育馆回教室的路上，我一个人默默地走着。这时你从身后靠过来，我的耳边飘来一句很小声的“去死吧”。

一开始，我以为是自己听错了，然后我看到了你的脸，才意识到这是真的。

也许这是很常见的一句话，大家都会说的一句话。

男生们时不时就会说上一句“去死”“给我死去吧”之类的话，社交媒体上也经常看见。谁也不是真心想让别人去死，只是一时生气随口说说罢了。以前，我认为这句话没有什么实际意义，然而，当自己成了被说的对象，这三个字就变得不一样了。

它们的力量让我非常震惊，心乱如麻。

而对我说这三个字的人竟是富田队长，这点更让我感到震惊。

简单来说，富田队长是公认的“好孩子”，学习好，运动强，深得老师信赖，是我们五年二班的班长。对这样的富田队长来说，我就是个虽不起眼但是关系也不至于糟糕的同学而已。从四年级开始，我们就在同一个班，社会见习的时候也在同一个小组，到现在语文课还是一个班。春天果布同学生病住院的时候，我们也曾一起去医院探望。虽然千纸鹤最后成了“五十纸鹤”，但是你的纸鹤连嘴尖都叠得特别漂亮，真的好厉害。

所以，当你对我说出那样的话时，我真的很震惊。

我明白这都是我的错，因为我，大家与冠军失之交臂，而你作为队长，无法原谅我，我也可以理解，毕竟连我自己都无法原谅我自己。我实在是太丢脸了，太悔恨了，以至于比赛一结束就想从大家面前消失。过了好多天，我仍然无法将比赛的情景从脑海中抹去，一直觉得大家可能还在怪我，担心大家在背后骂我。

我对这件事如此耿耿于怀，而你却在比赛的第二天就回到了平常那种笑眯眯的样子，甚至没过几天就像什么都没发生过一样，对我也面带微笑了。

那时我真的松了一口气，我感觉你已经原谅我了。

然而，放松的同时，心里好像结了一个疙瘩似的。

那三个字一直在我脑中挥之不去，只要一想起，我的心就会跳得飞快，迟迟难以平复，然而你却像是早已忘了这件事，跟往常一样看上去活泼开朗，做事干脆利落，深受大家的喜爱。

我不知道该怎么说，总之我心里还是有点儿不舒服。但我并没有在大家面前表现出来，我不想让大家觉得“美里现在还没从排球赛的阴影里走出来”“她的内心好黑暗”“真可怕”之类的。在学校，我和平常一样和组员们开心地聊天，努力掩藏心中忧郁。但是那些压抑的情感一回家就都藏不住了，母亲一眼就看穿了，问我“是不是发生了什么”。

母亲是个非常敏感的人，同时也很执拗，就算跟她说了“没事”，她也会打破砂锅问到底：“绝对有事！”前天，在她穷追不舍地追问下，我终于还是将一切都和盘托出（不过，我没有提富田队长的名字）。

听了这件事以后，母亲的反应有些奇怪，我本以为她会鼓励我或者安慰我，结果她却坐在那儿认真思考了一番。我正在想到底该怎么办时，她终于回过来神，对我说："美里，这真让人难过啊。你明明已经很努力了，结果却没能在比赛时发挥出自己真正的实力，还被同学说了狠话。"

被她这么一说，我的情绪一下子涌了上来，然而，还没来得及哭，她接着对我说："话说回来，语言这东西真是太可怕了。"

"嗯？"我有些惊讶，以前偶尔会觉得"人类真可怕"，但从没想过语言也能是"可怕"的。

"语言很可怕吗？"

"是啊，因为语言拥有束缚人心的力量，我也经历过类似的事情。”于是，母亲开始了漫长的讲述……故事太长了，我简略地概括一下。

我的母亲平常连感冒都不会得，很难想象她小时候是个体弱多病的人。那时候她的奶奶（我的曾外婆）经常说：“这孩子怕是活不到二十岁吧。”但凡家里有人来做客，曾外婆就会当着客人的面，说这孩子活不长。

“什么呀！太过分了！”我生气地说。

母亲苦笑了一声，袒护曾外婆说：“其实奶奶是担心我，只是担心过头了，忍不住就念叨。但是，对我来说，老是听到这样的话，渐渐就被语言束缚住了，于是真的认为自己活不过二十岁。”

那时候，母亲时不时就会想起这件事，然后一个人偷偷哭泣。

反正活不到二十岁，那么努力学习也没有用。母亲就这样自暴自弃起来（但是似乎因为爷爷很严厉所以还是学习了）。

反正活不到二十岁，所以也不用在意什么身材了。母亲时不时就放飞自我暴饮暴食，所以十几岁时的她总是胖乎乎的。

反正活不到二十岁，结婚生子之类的更是不可能了。所以母亲决定不去浪费时间谈没有结果的恋爱，即使遇到心仪的男孩子，也尽量不往那方面想。

总之，母亲给自己的未来设了限，对所有事情的看法都很消极。

然而，母亲活到了二十岁。

“活到二十岁的时候，真的，世界哗的一下，就像迷雾散开一样，一切都闪耀了起来。原本一片黑暗的未来突然有了色彩，那时我终于意识到，一直以来，自己被奶奶的话束缚得有多紧。”

平安度过二十岁的母亲，像是要把之前错失的一切都补回来一样，贪婪地感受着一切，身体也迅速硬朗起来，现在感觉是要奔百而活。可如今回忆起从前的那些事，母亲依旧觉得心情复杂。

“如果当年我没有被那句话困住，我应该会有一段更充实的青春时光吧。开玩笑啦，我现在仍会时不时地想，哪怕只有一次也好，真想和喜欢的男生写写交换日记呀，后悔的事情可太多了。”

于是，母亲对我说：“所以我希望美里不要被消极的话困住。”

原来是想告诉我这个道理呀。

但是，现在讲这些已经晚了呀，我已经被“去死吧”这三个字牢牢束缚住了，今后一旦面临失败或是给别人添了麻烦，我肯定会想起这句话。

“已经听到的话，是没法删除的，语言是撤回不了的呀！”我说。

“但是，”母亲一脸愁容地说，“说不定对美里说出这句话的人，也正想收回这句话呢。”

说到这里，母亲突然来了劲头，一口气继续说道：“美里，你在比赛中的失败，对全班同学来说，确实是一件不幸的事，但对全世界来说，并不是什么大事，除你之外的大家对此早就不在意了，没事的！我想，对美里说了狠话的那个姑娘，也是一时火气上头，并不是真心的，如果她真的心怀恶意的话，大可不直接对你本人讲，而是在背地里偷偷说你坏话……那个姑娘也一定在后悔吧。”

然而，此时的我已经听不进去母亲的话了。“您说的那些，谁也证明不了啊！”我顶嘴道。

于是母亲说：“嗯，是证明不了，所以你去和那

5年
×3
×2
3/4 + 5
9/12 + 10
(1)

姑娘谈谈怎么样？”

我一下就慌了，赶紧说不行不行。

“这事都快过去三个礼拜了，对方已经要忘了这件事啦！”

不管母亲说什么，我都一口咬定“不行”，心里也确实是这么认为的。

事到如今，再和富田队长谈谈什么的，我真的做不到啊。大人说的话虽然有很大可能是对的、明智的，但一点儿也不现实。

直到昨天，我还是这么想的。

昨天，下第三节课以后，我作为当天的值日生，到教室前面擦黑板，而富田队长你虽然不是值日生，却也来帮我干活了，一边跟我聊报纸的事一边帮我擦黑板。当时我的表情都僵住了，但还是努力佯装微笑。我以为你也会一如往常地对我微笑，但当我转头看向身旁的你时，却发现你的表情看起来也有些僵硬，仿佛也在努力保持笑脸。

“咦？”那一刻我疑惑了，说到底富田队长究竟为什么要来帮我擦黑板呢？

回想起来，自从排球大赛结束后，你来找我搭话的次数比以往更加频繁了，练习结束后收垫子的时候也会来帮我的忙，连扔垃圾也会莫名其妙地跟过来，制作报纸时更是如此，在我不会用平板电脑做表时还主动来一步一步教我操作……越想就越觉得奇怪。

之前我一直被心里的“疙瘩”蒙蔽了双眼，直到现在才意识到自己忽视了好多细节。在那之后，也就是从昨天开始，我一直在拼命思考母亲对我说的那些话，以及这三周里发生的种种小事，最后，我想到了一种可能。

也许，被那三个字困住的，不只是我。

现在我很想知道你的心情，但是果然没办法直接问出口，考虑了半天到底该怎么办，最后还是决定写邮件问问你。谁知一开始写就停不下来，结果越写越长，花了很多时间。

可能写得有点儿太长了，让你一看就不愿意读。虽然我连把这封邮件发出去的信心都没有，但我还是很高兴自己写了，因为在写的过程中，我想到了一些东西。

排球大赛的时候，大家都在“队长”“队长”地叫你，对你非常依赖，不管什么事情都会去问你。有没有可能，“队长”这两个字也把你束缚住了呢？虽然我到现在才想到这一点，那时的你想必承受了特别大的压力吧。

可是队伍却因为我的失误与胜利失之交臂，我从未见过你哭得那么伤心，而身为“罪魁祸首”的我却没在大家面前流一滴眼泪。虽然回家以后我也是一顿暴哭，但在你看来我可能就跟没事人一样。

这三周也是，我在学校努力表现得一切正常，而你很可能也在拼命做出一副无事发生的样子。

我想，语言真的很可怕，但是如果没有语言，很多事情就会不清不楚地结束掉。

想要解除困住我的话语，果然还是需要使用语言才行。

所以我必须鼓起勇气发出这封邮件，我决定现在就发送它！

如果你读到最后，并且也有话想对我说，我会很高兴的，期待你的回复。

安冈美里

翅膀

早川世诗男 绘

今早，听到你蹲坐在厕所前说话的声音，我忽然想起自己小时候曾经拥有，现在却早已失去的东西。我甚至已经忘记了自己失去这件东西的事，它轻松越过名为时间的厚重围墙，忽然又现出了身影。

到底是从何时开始，又是在何时结束的？具体我也记不清楚，大概是成为中学生前后的事吧。在那之前，我都是想到什么就说什么，“想到的”和“说出的”毫无两样，那些我想到的会立刻化为声音，从身体里传出去，这和身边有没有人一点儿关系也没有。

我说的话，不是为了让谁听见，只是为了说。

各种各样的想法，一旦在我心里浮现，就唰地长出翅膀，跃跃欲试。

于是我张大嘴巴，让它们飞了出去……

大家称之为“小祥的自言自语”。

“啊，好困啊。睡来睡去，还是好困啊。好想再多睡一会儿啊，为什么每天早上都要起床啊！从现在到死去，还得起多少次啊！到几岁才能早上不用起床啊！活到一百岁的话，睡到中午才起也不会被说了吧……”

“好冷，好冷，好冷，好冷。哎呀！失败了！要是穿得再厚点就好了，没想到会这么冷！这才秋天呀，还以为已经到冬天了呢！话说回来，今天是秋天，明天就变成冬天了，这类事到底是由谁决定的呀？季节的分界线究竟是怎么确定的呀？”

“那个什么，我一回家就想去找爷爷，啊不对，那之前得带栗子去散步，等它拉完便便……我还是先去拉便便，再吃点儿零食，喝杯牛奶，然后，然后是……啊！带栗子去散步！妈妈，你能替我带栗子散步去吗？”

“这不是蛀牙，这不是蛀牙，这不是蛀牙，只是有点儿牙疼而已，没错，这不是蛀牙！”

无论是在家里还是在外面，是在学校还是在别的什么地方，我都会毫不顾忌地把想到的东西一股脑儿给说出来。站着也好，坐着也好，走着也好，跑着也好，甚至连睡着的时候都是如此，我被自己的梦话吵醒也不是一次两次了。

那时，我的身体里总是有大量的话忍不住想展翅高飞，只要我一张嘴，它们就一溜烟地飞向空中。那用力扇动着冲进云间的无数双“翅膀”，你能看到它们吗？

那些长出翅膀的话语，有的飞向天空一去不回，有的在附近转了一大圈后，再次回到我身边。

“哎呀，果然好疼啊，疼死啦！难道说，可能是，说不定，这真的是，蛀牙吧……”

正因如此，我的自言自语在家附近也算是小有名气。只要我从路上经过，街坊四邻就会偷笑着交头接耳：“看呀，那孩子又来了！”

不管是睡懒觉的话，还是和蛀牙有关的话，都在这小小的街道传开了。总在公园里打扫卫生的老爷爷，以及经常站在路边侃侃而谈的老奶奶，他们已经完全成了“小祥说”的传话筒。

“小祥，你又给我找事了吧！今天高桥先生又来问妈妈‘小祥的肚子没事吧’，他说你一边喊‘拉肚子了拉肚子了’，一边走了过去。”

我的母亲，也就是你的奶奶，那时候经常气得满脸通红来找我抗议。

“哎呀，真丢脸，这样一来，我都不敢随便和你爸吵架了。小祥，拜托你了，偶尔把想说的话封在心里好吗？”

每次听到母亲这么抱怨，我总是不知该如何回答，因为我不知道心里的门在哪里，又该怎么封住那些脱口而出的话，于是便逃到父亲身边，因为他会为我撑腰。

“心既无底也无门，这不正是小祥的优点吗？好了好了，趁他还能想说什么就说什么的时候，这样就挺好的。”

父亲用这番话安慰母亲后，垂下眉毛，像是发现了什么真正的好东西一样看着我，那眼神有点儿着迷，又有点儿难过。

“趁着还能这么做的时候，这样就挺好的。”

我开始明白父亲所言之意的时候，是在随着年龄增长，心里渐渐“有门有底”了之后。那时我才意识到，我再也不能像小时候那样口无遮拦了。

中学生、高中生、大学生、社会人……越是长大，“想到的”和“说出的”越是不一样。

每当想到什么，我在张嘴前，总要先考虑一下这句话该不该说。我一边观察周围的情况，一边琢磨着会不会被谁听到。我的心里长出了“门”，而在它一开一合之间，语言的翅膀消失了。

这样也好，这是自然而然的事情，没有好坏之分，每个人都会经历。

语言是带翅膀的，这件事本身，我也在不知不觉间忘记了。所以，当然了，我自己都没发现已经失去了它。

时隔许久，我和语言的翅膀再次相遇了，就在今天早上——没错，就是刚刚发生的事情。

醒来的我，下楼的时候，发现你正蹲坐在厕所门前，一个人唠叨着。

“啊！哥哥！你在干啥呀！太慢了吧！你是有多少粑粑要拉呀！能不能快点啊！今天我本来想着一定要比你先去厕所的，为什么你总是比我抢先一步啊！”

“我明明就特别着急啊！书包没有收拾，还有作业要写，还能赶得上吗？在哥哥后面拉粑粑，换衣服，吃早饭，还来得及吗？啊！作业！”

“作业应该昨天就在家写好的，我为啥要玩游戏呀！是因为哥哥说要一起玩！没错！如果我迟到了，都是哥哥的错！所以哥哥你帮我把作业写了吧，我这个主意不错吧！”

你的口中飞出一个又一个“翅膀”，它们光辉四射，让我不由得眯起眼睛，无声感叹：“啧，这孩子果然是我亲生的。”

我相信，现在一切只是个开始，从今以后，你将会孕育出无数话语，它们扇动翅膀，翱翔于天际。

从你口中飞出的那些话语，有的似蓝光闪烁，有的像赤焰燃烧，有的如金银耀眼，它们将在空中展翅高飞。

有时我会帮你捡起，那飘落在脚边的一根羽毛，透过它的缝隙，来欣赏这个世界。

小松鼠物语
100%橙色 绘

有一片树林里，曾经住着一只小松鼠，一只个头很小、很小的小松鼠。因为它实在是太小了，所以它眼中的风景，和其他动物大不相同。

在它眼里看起来巨大无比的松果，在野兔眼里却是一文不值的迷你果实；而被它称为“林中国王”，每天都带着十足的敬畏之心来回仰视的高大榉树，对鹿来说“也就只比自己大一点而已”。

想让视野完全不同的对象互相理解，可不是一件容易的事。

“啊啊，怎样才能让大家看到我眼中的风景呢？

我是这般小巧，树林里的一切在我看来都是如此巨大，而每一样都有着震撼人心的美好瞬间呀！”

这样的美好瞬间，小松鼠好想让其他动物也能看到。

小松鼠一直这么期望着，忽然有一天，它想到了一个好办法。

“对了！我就把我看到的样子，丝毫不差地画出来怎么样？”

笨拙的小松鼠，很难把自己看到的东西用语言描绘出来，但是，它的手却很巧。

“全力以赴吧！”

小松鼠先把林中的花草收集起来，挤出汁液，制成不同色彩的液体颜料，然后再将枯树皮展平，做成纸材。

“好了！万事齐备！”

从四面八方飞来的鸟儿们，向激动的小松鼠问

こりす

道："小松鼠，你在干什么呀？"

小松鼠高兴地回答说："我在画画，我要把这片树林里的一切都画下来。"

就这样，小松鼠开始了它的绘画。小小的手掌满是颜料，它将自己周围的景色全都画在了枯树皮上：朝露闪烁的花朵们，叶下蠕动的虫子们，田间洒下的午后阳光，被夕阳染上色彩的潺潺流水，还有伫立在远方的山峰……

就这样画了无数幅写生以后，小松鼠把画作围着家摆了一圈，然后邀请树林里的邻居们来看。

可是路过的动物没一个好好看画的，它们用惊讶的眼神看了看小松鼠，很快便四散而去。

"小松鼠，你到底在干什么呀？"

"在这么忙碌的时节，你还真悠闲呀！"

"冬眠的准备已经做好了吗？"

是啊！小松鼠在孜孜不倦作画的同时，树林的冬天也在渐渐来临。

等待冬眠的动物们都在寻找安全的过冬场所，或是收集各种果实，每天都过得忙碌而充实。

当然了，比任何动物都更认真地观察这片树林的小松鼠，怎么可能没有发现冬天即将来临呢？

“啊！树叶的颜色简直太美了，就像火焰在燃烧一般！还有，秋风将树叶卷起，发出的沙沙声也太好听了吧！”

林中的风景可谓朝夕万变，小松鼠完全沉浸在绘画的世界中，试着将观察到的一切都付诸纸上。

再次意识到的时候，树林俨然已是一片冬日景象。

“啊……世界好像离我越来越远了，花朵的汁液已经冻成了冰块儿，手也僵硬了起来，动不了了……”

小松鼠用尽最后力气画出的树林冬景，终于在它眼前变成了一片白色，什么也看不清了。小松鼠的生命之光逐渐散去，而它眼前的那片白色，也愈发黯淡了，慢慢变成了灰色，最后只剩一片黑暗。

醒来之时，小松鼠发现自己躺在一个十分柔软的东西上，周围温暖又明亮，明明是冬天，却依旧光线充足。

“咦，这是哪里呀？”

没有凛冽的寒风，想必是在谁的家里，而且这是一个很大很大的屋子，它从来没见过。

这里的味道和树林中完全不同，小松鼠睁开双眼，犹豫地四处张望了一番，轻轻地发出了一声“啊！”

雪白的墙壁上，整齐地挂着小松鼠的画作，宛如树林的碎片散落在各处。

“我画的花，我画的河，我画的鸟巢……啊啊！

RED
BLUE
YELL

太不可思议了！明明不在树林里，却像是在树林里。”

就在小松鼠终于缓过来的时候，屋里响起了一个声音。

“啊！太好啦！你醒过来了！”

出现在屋里的是一个小女孩，她有着比狐狸更闪耀的靓丽金发，和一双比狼更蔚蓝的眼睛。

“你在树林里昏过去了，因为你的个子实在是太小了，我还以为是个小玩偶，差点儿就把你挂在圣诞树上做装饰啦！”女孩说着微笑起来。

“对了，小松鼠，你现在感觉怎么样？”

看着女孩如此温柔的笑脸，小松鼠感觉更安心了。

“谢谢你救了我，托你的福，我现在一点儿也不冷了。”

“那太好了！但是你为什么没有冬眠，却在那种地方待着？”

“这……”被问到原因后，小松鼠断断续续地说出了实情。

小松鼠当时完全沉浸在“画出世界的样子”这件事里，等到回过神来，寒冬已经吞噬了树林。

“欸！这么说，那些画，都是你画的？”女孩的大长睫毛扑闪扑闪的，“太厉害了！我觉得画得好棒啊，所以才从树林里把它们都捡了回来，没想到竟然是你只小松鼠画的！”

小松鼠的脸一下子就红了，对它来说，这是生平第一次有人愿意看自己的画，也是第一次有人夸自己，它的身体变得热乎乎的。它高兴到不行，甚至有点儿想哭。

“对了！小松鼠，你冬天就待在这里，想怎么画就怎么画吧！”

女孩的建议对小松鼠来说，是个绝无仅有的好机会。

女孩给小松鼠准备了专业的画具，用它可以画出花草汁画不出的各种色彩，还有轻薄的白纸，在它上面可以画出在枯树皮上画不出的透亮颜色。

“白色真是不可思议的颜色呀，树林里看上去有这么白的就只有臭鼬先生的后背了吧。”

小松鼠在窗边的工作台上展开画纸，日复一日地画着。当然，画得最多的还是树林中的风景，无论身在何方，小松鼠都能唤醒记忆中的林间画面，那是它一直以来生活的地方。

“太美了！小松鼠，你真是太会画啦！”

每当小松鼠完成一张绘画作品，女孩都会“好美”“好美”地称赞，为小松鼠感到高兴。

不仅如此，关于“会画画的小松鼠”的传言渐渐扩散开来，女孩家每天都会有很多人前来拜访。这些慕名而来的人，高矮胖瘦年龄各异，但都对小松鼠的画作兴趣满满。只是其中有些人有时会说出一些让小松鼠难以理解的、莫名其妙的话来。

“嗯嗯，这幅画可真是超凡脱俗呀，唯有小动物才会拥有这样敏锐的色彩感，画中的世界与其他作品大不相同，竟是如此地独一无二。”

“这就是微观视野下的宏观宇宙呀！”

“小松鼠的作品，可以看作当下全球化的生态学反命题了。”

小松鼠只是把在树林里看到的景色原封不动地呈现在纸上而已，但是那些人却觉得只看表面去解释画作是远远不够的，他们为小松鼠的作品赋予了各种各样的“内涵”，这才觉得满足。

“感觉事情变得有点儿麻烦了。”

渐渐地，小松鼠作画不再是为“让别人看到自己眼中的景色”，而是为能和自己最喜欢的树林在一起，它只想在安静的纸上，画出自己记忆中的林间美景。

在画河川的时候，小松鼠感受到画面中水流涌动的气息。

在画铺满大地的落叶时，它感受到叶子里那正在流失的水分。

每当小松鼠思念树林里的气息时，它都会问女孩：“春天还没来吗？”

这时，女孩会说一句“就快了”，便抬头向窗外的天空望去，然后再为小松鼠烤上一盘特制的胡桃蛋糕。

在这十分漫长的冬天即将结束之际，小松鼠收到了一个惊人的消息：它的画作获得了了不起的“黄金玛玛路”大奖。

“真是太好啦！小松鼠！”

ON

女孩高兴地跳了起来，其他人也纷纷“恭喜”“恭喜”地祝贺起来。

此刻，小松鼠的心情就像被蒲公英的种子蹭得浑身痒痒似的。

然而，对小松鼠来说，这项大奖的颁奖典礼才是整个冬天最可怕的一场“风暴”。

所有的一切都太过绚丽。会场里挤满了数不尽的人，舞台也被布置得万分耀眼，闪光灯闪到睁不开眼，还有热烈的鼓掌声和欢呼声。

这一切已经把小松鼠弄得晕头转向了，而男主持人还在一刻不停地提出颇有难度的问题。

“小松鼠的获奖作品，确实运用了很多种不同的色彩呀，简直就是色彩的盛宴！请您说说这么做的目的是什么？”

“画面中那一点红显得格外瞩目，它是否象征着什么？”

“在确立个人世界观方面，您有什么特别留心的地方吗？”

“作为首位获得黄金玛玛路大奖的松鼠科动物，您现在的心情是怎样的？”

小松鼠画的是令它眷恋的树林的春天，而之所以会用到各种各样的颜色，是因为树林的春天有很多不同颜色的花朵盛开，而中间那一点瞩目的红，是因为小松鼠确实看到过那样的红色花朵。

可是，如果真像这样回答的话，似乎会让人们大失所望，然后说“果然松鼠就是松鼠啊”之类的。

于是，小松鼠拼命回想各种不知道从哪里听来的话，侃侃而谈。

“使用多种色彩是为了表现多种希望。”

“中间的红色象征着生命的火焰。”

“我最留心的就是随时提醒自己，纸是白色的，而这本身就是非常特别的。”

“我这次获奖为松鼠界争了光，希望能鼓舞到全国的松鼠们，今后我会继续努力精进的。”

场内赞美之声络绎不绝，然而每每有人类对小松鼠赞不绝口的时候，它都感到羞愧难当，甚至想找个地缝钻进去。

小松鼠变得不再是小松鼠，而像是别的什么，想想还真是很简单的事情。

等候多时的春天终于来了，就在小松鼠即将要返回树林的时候。

“小松鼠，谢谢你，因为你的画，现在家里处处弥漫着一种‘小松鼠一直都在’的氛围。”

女孩一边说着，一边把小松鼠送到了树林入口处。

林中白雪正在渐渐融化，杉菜从土里钻出了小脑袋，树的枝头上也冒出了黄绿色的新芽，温暖的阳光从天而降，洒满了新枝。

四处洋溢着春天的气息，小松鼠带着雀跃的心情，飞速奔向心里的那个目的地——树林里最高大的榉树，也是小松鼠最喜欢的“特等席”。

小松鼠爬到树顶，环视整片树林，“咦？”它心中一惊。

这里看到的风景，和以往的春天没有什么不同，然而不知为何，在小松鼠的眼里，却变得不一样了。

“为什么天空、树木、小草、水流……眼前的一切都比过去更清晰了？所有的一切看上去也更有活力了！啊，好想赶快画下来！”

小松鼠立即开始行动，正在它努力寻找早开的花朵时，碰巧遇到了刚从冬眠中醒来的狐狸。

“早上好呀，小松鼠。”

“早上好，狐狸先生。”

“咦？”

睡眼惺忪的狐狸刚从它身边走过，便又回过身来，使劲擦了擦眼睛，看了看它。

“小松鼠，你是不是长大了一点儿？”

“可能是吧。”小松鼠微微一笑，挺起了胸膛。

闪烁在远方的光晕
植田立里 绘

在我十岁时，奶奶去世了。

奶奶是在睡梦中猝死的，因为发生得太突然，一开始，我完全不知所措。

到昨天为止，都还一直生活在一起的亲人，今天就不在了，忽然间消失得无影无踪，我一时难以接受这样的事实。奶奶不在了，我感觉整个世界似乎变得轻飘飘、空荡荡的。

葬礼上遗体送别时，我终于彻底意识到，奶奶是真的不在了，我以后再也见不到她了。也就是从那一刻开始，我感到死亡的重量朝我狠狠压来。

现在回想起来，死亡的重量——这个对身为小学生的我来说太过棘手的东西，更多是一种遗憾。

从小到大，我对奶奶做过的那些……不对，是没有做的那些事，让我陷入了深深的悔恨之中。

小时候，奶奶时不时会给我零花钱，我心里其实特别开心，但并没有直接说出来，反而摆出一副高傲的姿态，喊道："给我！"

平日里妈妈加班，奶奶来替妈妈做晚饭给我们吃的时候，我也从来不说"好吃"之类的，甚至还会把胡萝卜剩下，老让奶奶伤心。

当我因为玩哥哥的手机被妈妈骂的时候，奶奶总站出来帮我说话，而我却连一句谢谢都没说。

烦躁不安的时候，我经常会迁怒到奶奶身上，而在情绪过去后，虽然很想跟奶奶说声对不起，但还是什么都没做。

有时候奶奶主动跟我说话，我却一脸不耐烦，一句话都不回，那时奶奶的表情很是失落。

关于喜欢的女孩子叫什么名字，我到底也没向奶奶坦白，而且一共有三个女孩，结果一个也没告诉奶奶。

我明明最喜欢奶奶了，可对她一次真心话都没有讲过，就……

面对突如其来的离别，我的心里留下了许许多多想对奶奶说却未能说出口的话，怎么数都数不尽。

我绝对不是一个内向的少年，非要说的话，算是比较活泼的。在学校，我能连着讲许多笑话，逗得同学合不拢嘴，上课时经常会因为和同学聊天被老师批评，总之，是个挺能说的人。

可能正因如此，我在家反而就懒得动舌头了，特别是对万分疼爱我的奶奶，总是在不经意间忽略掉许多该说的话。

“下次再说吧。”

“以后再说吧。”

就在这样一次次往后推迟的过程中，奶奶最终去了一个再也听不到我声音的地方。

人死了，想说的话就再也说不出了。

心中的遗憾越来越强烈，明知现在一切都来不及了，我却每天都在回想自己没能对奶奶说出口的那些话，不由自主地数了又数，一想，这个也没说，那个也没说……怎么就没有说呢？

我偶尔也会忽地想到，那些没有说出口遗留在心里的话，会跑到哪里去呢？

像“谢谢”“对不起”“最喜欢你了”这些没能在奶奶活着的时候讲给她的话，确实在我心里存在过。这些永远失去了表达对象的话，究竟会跑到哪里去呢？

在这里

一天，我在电脑的搜索引擎上敲下了一行字：没能说出口的话会去到哪里？

这么做其实只是一时兴起，并不是真的想要找到正确答案。

哪知按下回车键后，奇怪的事情发生了。

电脑屏幕突然一片空白，紧接着，只见屏幕正中央出现了一句话：在这里。这三个字闪着蓝光。

在这里？

我从来没见过这样的搜索结果。

太奇怪了！我的心里一阵躁动，但最终还是好奇心占了上风。我把鼠标缓缓地移到“在这里”这三个字上，点了下去。

接下来，意想不到的画面出现了。

我的眼前出现了一片鲜艳的深蓝色，那是一片壮丽的宇宙景象，无数星辰光芒闪烁，形成一个椭圆形的旋涡。

这是……银河系？

“银——河——系。”默念这三个字，我竟突然置身于这“银河系”之中了。

事实确实如此！我宛如被电脑屏幕吸入其中一般，刚刚从显示屏里映入眼帘的景象忽然成了我身处的现实，我的身体正飘荡在光晕闪烁的浩瀚宇宙中。

这究竟是怎么回事？这般怪异的现象令我大吃一惊，简直让人摸不着头脑。

然而不可思议的是，我的内心却十分平静，一点儿也不觉得恐怖。在浩瀚宇宙中无边黑暗的包裹下，我甚至有种难以言喻的安宁感。

轻轻飘舞在宇宙中的感觉也是极好的。我仿佛脱离了沉重的身体，在这里轻快地游走，灵活地伸展，自由自在地翱翔。

不可思议的事情还在继续。当我像在水中游泳一般，划破黑暗前进时，我注意到一件事：那些组成巨大旋涡的无数光晕，并不是星光。在慢慢靠得足够近后，我看到了它们的真实模样，那竟是一个个小小的光球，和在夜市上卖的悠悠球很像，它们散落在宇宙的各个角落，闪烁着五颜六色的光芒。

如火焰般闪着红色光芒的球。

洁白如雪闪着柔光的球。

让人联想到清澈湖面的水色球。

温暖如向阳处般的橙色球。

裹满银色粉末的银色球。

没有两颗球的颜色是一样的。如星辰般浩瀚的闪光球，在这片宇宙中绽放出各种各样的光彩。

好美啊……

当靠得足够近以至于快沾上闪光粉末时，我像是被那向日葵般耀眼的黄色吸进去一样，伸手触碰了闪光球的表面，那一刻，我听到了一个年幼女孩的声音。

——呐，我们和好吧。

这里只有我一个人，可我明明听到了那个声音。

是谁？刚才听见的这个声音究竟是怎么回事？

我虽然心生犹豫，但还是又去触碰了一个深紫红色的球。

——我现在依然想念你。

一位男性的声音响起。

莫非？有一瞬间，在我眼前展开的景象忽而有了新的意义，有点像街灯闪烁的光之旋涡，也可以解释成亡灵们突如其来地从黑暗中现身。

我定睛一看，怀着难以置信的心情，使劲盯着那片光之旋涡。

强光、弱光、柔光、透明的光、刺眼的光……这些光晕刚刚还一副悠悠然的样子，现在立刻有了一种厚重感，仿佛正在和宇宙的引力做对抗。

这些闪烁的光晕把我弄得晕头转向，但我依然在宇宙中晃晃悠悠地迈着步子。

每当我触碰到闪光球，就会有一个我不认识的声音响起，随后渐渐消失在这虚幻的黑暗中。

——不管怎么说，一定要活下去。

——嫁给我吧。

——我不想走！

——明年一起去赏樱吧。

——我好想你。

——对不起，我不应该老是欺负你。

——爸爸，偶尔也要好好休息一下，您已经不年轻啦！

——不要输！

——等你回复。

——我会报答您的。

——不生气了吧？

——我想重新来过，但现在已经太晚了。

——活到了这把年纪，给你们添麻烦了。

——你快回来。

——谢谢你总是对我这么心平气和。

——你要更珍惜自己！

——此生足矣！

——此时此刻，你在哪里？在做什么？又在看着怎样的风景？

——你们就是我的宝藏。

——哪怕让我再多看一眼也好……

——希望你不要被悲伤压垮。

——遇见你真好。

——我想用我这条命来交换你的。

——你是令我骄傲的好儿子。

——那封回信怎么也下不去笔。

——我最喜欢妈妈了！

——祝你愿望成真。

——我想回家。

——现在我也依然和你在一起。

——我爱你。

——原谅我。

——我相信你。

光的颜色不同，发出的声音也不同，有的稚嫩，有的苍老，有哭声，也有笑声。在认真倾听每一个声音的过程里，我的内心渐渐沸腾。

啊！这个世间有多少由思念形成的旋涡啊！有多

少无处可发的心声在飘浮啊！难道说，那些没说出口的话，比真的完成自己使命的话，要多得多？

但是，这些没能传递给对方的话并没有消失，即使想要表达的对象已经不在了，这些话语却依然在遥远的地方拼命闪烁着光芒，点亮宇宙的黑暗。

虽然没能说出口，却仍在努力地发着光。

我在心里小声念道，鼻尖一酸，眼前的光点变得模糊起来。

就在此刻，一颗闪着茶绿色光芒的光球，缓缓地朝着我的方向转动。

那颗闪光球主动向我靠近，我不用伸手就能碰到它，它轻轻贴上我的脸颊，刹那间，耳边响起了熟悉的声音。

——我的宝贝孙子心里想的是什么，奶奶一直都最清楚了。

我记不清自己是如何回到房间的，甚至连这件事是不是真的发生过也无法确认。如今一切都变得模糊不清，但不可思议的是，只有那声音清晰地印在了我的脑海里。

风和雨

酒井以 绘

1 风香

瑠雨的睫毛很长，上下睫毛都是，朝两边延伸卷翘的样子，看上去就像个洋娃娃。每当她感到惊讶或是困惑时，睫毛就会忽闪个不停。而我在跟她讲话时，那闪动的睫毛就是“我在听”的信号。

今天，第二节课后，我和瑠雨一起从体育馆走回教室，途中，她的睫毛也是一闪一闪的。

“啊啊！篮球真讨厌啊！我跑得又慢，运球也不行，在场上连站都站不稳，真是一无是处啊！”

这一路上，基本都是我在发牢骚，没错，只有我在发牢骚。

“不过啊，篮球可真是够野蛮的，大家纷纷暴露本性，互相冲撞抢球，脚下绊来绊去，简直太可怕了。上次比赛的时候也是，我尽量不靠近球，在球场边缘晃来晃去，结果被老师吐槽‘你是裁判吗？’”

我嘿嘿笑了起来，但瑠雨通常不会笑。

“躲避球[①]也很可怕，但还是比篮球好，毕竟朝我冲过来的是球而不是人！虽然很害怕被打到，但只要疼一次就结束了，我会假装不甘心地退到场外，其实心里总算松了口气——终于不用再躲球了，因为界外是和平地带呀。”

从被球打的一方，变成把球打出去的一方，我想起身体变柔软的那个瞬间，于是闭上了嘴。

一旦我不说话，我和瑠雨之间就会陷入沉默。

瑠雨的表情没有任何变化，我不清楚她在想什

① 躲避球，起源于英国，随着欧洲移民新大陆并在1900年左右盛行于美国的一种新兴球类运动。1902年，日本留美归国学人将躲避球运动带回了日本。

么，也不知道她有没有听我说话。我唯一能够想到的，就是瑠雨大概也不喜欢篮球。刚走到能看见体育馆门口的地方，瑠雨的睫毛就开始紧张地闪个不停。

瑠雨是个不说话的孩子，其程度已经远远超过“老实”“安静”“害羞”这类形容词。

我和瑠雨从小学一年级开始就是同学，除了“是”“不是”“嗯”“嗯嗯”这类词，就没听她说过其他的了。

小学一二年级的班主任曾想方设法让瑠雨说话，但瑠雨和班主任一样坚定，死活不开口。双方互不退让，就这样僵持到了换班的春天。小学三年级和四年级的班主任安田老师，本来就没什么干劲儿，所以觉得班里有个不说话的女生也没关系，两年间一直如此。

现在接手五年级一班的村上老师，与其说是对瑠雨放任不管，倒不如说是选择了默默守护。在和瑠雨说话的时候，就算得不到回应，也不会生气，更不会死缠烂打，而是稍做等待后再“知难而退”。

其实瑠雨只是不说话而已。她的学习成绩不错，值日扫除之类的活儿也都能认真完成。虽然不知道她在想些什么，但能看出她是有自己想法的，虽然有点儿奇怪，但也不会给别人添麻烦。所以村上老师可能觉得，与其非要让她讲话，把她逼到不想来学校，还不如顺其自然，等她自己开口。

“人类既有说话的自由，也有不说话的自由。”我的外公达仔是这么说的，“瑠雨要是遇到麻烦了，你去帮她一下就好啦。”

我最近常和瑠雨在一起，但这并不是因为达仔的话，而是出于一些更无奈、更自私的理由。

大概一个月前，在我因为感冒请假休息期间，五人小组（桃香、宫本、阿雅、绘子、我）彻底分裂了。我们五个人从小学五年级的春天开始，就一直在一起。

这件事的开始，在于“大领导”桃香和“副领导”宫本的相互对立。最初只是在讨论关于“刘海的长度多少比较合适”这种芝麻点儿大的小事，结果两人越说越起劲，最后到了劝都劝不动的程度。不仅如此，因为阿雅支持桃香，绘子支持宫本，双方吵得不可开交，等到我病好重返学校，她们之间的战争已经升级到了关系难以修复的地步。

最尴尬的是，她们四个人同时向不属于任何一方的我发出邀请，劝我加入她们的阵营。

“风香，你是我们这边的对吧，以前我都没有说过，可你不知道，宫本经常背地里说你坏话，说你讲话又臭又长，难缠又烦人！”

“别信桃香她们说的话，桃香才是，一直居高临下地说什么风香的衣服很昭和[①]，铅笔盒很土之类。”

“上回大家不是一起去你家玩嘛，那谁在回家的路上还笑话你外公太搞笑了呢！”

“绘子之前说你是罗圈儿腿来着……”

就这样，为了拉我入伙，桃香派和宫本派费力搜索记忆中的各个角落，使劲挖对方的黑料，说对方的坏话，真是太差劲了。

她们越是努力拉拢我，我就越感到受伤，哪头儿都不想加入，谁的话都不能相信了。这件事让我深感人类的可怕，大家拼命拉拢我，很明显并不是因为真的想跟我继续做朋友，只是想为自己的阵营凑个人数而已。

仔细想想，从她们分裂前，我在小团体里就已经有点儿不是滋味了。大家表面上都很友好，但背地里

---

① 昭和，日本第124代天皇裕仁在位时的年号，使用时间为1926——1989年，这里指的是当时的一种穿衣风格。

经常说对方坏话，谁有个小小的失误，就会一直被另外的人抓住不放，当个笑话一遍遍地说。和她们相处真的很累，感觉随时随地都不能掉以轻心。

闹成现在这样确实非常遗憾，但若问我想不想回到从前，答案就很微妙了。

于是，我前所未有地认真思考、思考再思考，最后下了一个决定，我决定跟桃香派和宫本派都拉开距离，从今以后开始一个人行动。

虽说已经下定决心，但真要让我总是孤零零一个人，我确实也受不了——本来我就是个爱说话的人，突然没了聊天对象，实在是太无聊了。

这时，我看到了瑠雨。

瑠雨虽然不说话，但也不会拒绝别人。每当我想说话的时候，就一溜烟地跑到她身边，仿佛之前一直就是好闺蜜般说个不停。我也不知道她究竟听没听进去我说的话，不过她偶尔也会对我面露微笑，那笑容宛如不带刺的花朵，十分治愈。

当然，从不说话的瑠雨是绝不会说别人坏话的。

在瑠雨的身边，我感到很安全，就像身处躲避球的界外一样。

在体育课上，我的手还没碰到篮球，比赛就结束了，之后的第四节课是语文课。

对我来说，语文和体育一样讨厌，不过自从班主任换成村上老师后，就不像从前那么难熬了。

村上老师的语文课，和其他老师教的感觉不太一样，不只是教科书上的内容，她还会教我们很多其他的词语。

“熟悉各类词语，了解它们不同的使用方法，就像在自己的身体里种下很多种子一样，有一天，这些种子会发芽、开花，成为大家在这个世界上生活下去的重要食粮。”

村上老师说的这番话究竟是何用意，我暂时还无法理解，不过“在自己的身体里种下很多种子”这个比喻倒是很有意思。

这一天也是如此，教完课本上的内容后，便是“播种”时间。

“今天的关键词是‘美丽的’，试着用这个形容词搭配，像美丽的海、美丽的马之类的都可以，计时三分钟。”

三分钟太快啦！看着老师发下的白纸，我立刻开始动笔。

刚上五年级那会儿，我总是想不起什么词来，一到这个环节就坐立不安，最近出乎意料地写得顺了一些。这里面有一些小技巧。

美丽的天空

美丽的夕阳

美丽的星星

美丽的月亮

美丽的雨

我把和“天空”有关的词顺着写了出来。嗯？我一歪头。

“美丽的雨？雨是美丽的，这说得通吗？”我闭上眼睛，开始想象。

“城市一片烟雨朦胧，嗯，一定是美丽的。”我没有擦掉这句，把它留在了纸上。

美丽的森林

美丽的花朵

美丽的原野

美丽的山

美丽的河

我把有关“户外”的词一口气写了下来，又停住了。

想写“美丽的瀑布”，但瀑布的瀑字我不会，写拼音就太逊了。

而且已经没时间了，算了吧！

美丽的脸

美丽的眼睛

美丽的耳朵

我破罐破摔地把和“脸”相关的词写了一通，时间到了。

“好的，大家这次是不是一下子写了很多呀？都写了些什么样的语句，老师好期待呀！”

老师会把我们写下的句子，全都输进电脑里打印出来，等到下次语文课再发给我们看。这是为了将每个人埋下的种子，分享给全班每一个人。

“哇！好厉害！写了三十多句呢！”

“这是什么，美丽的绘里香，美丽的小南，美丽的遥遥，怎么都是女孩子的名字呀？”

村上老师一边说一边收我们写好的纸，我趁机看向座位斜后方的瑠雨。

瑠雨都写了哪些“美丽的”东西呢？我很好奇，飞快地瞥了一眼她写在纸上的字。

“啊！”我心中一惊，我看到她的纸上尽是我想都没想过的词语。

美丽的音乐

美丽的歌

美丽的雨滴声

美丽的旋律

美丽的潺潺水声

刚读到这里，老师便把纸收走了。

没东西可看的我盯着桌面上残留的痕迹看了一会儿，然后抬起了目光。

四目相对的瞬间，瑠雨像被发现了什么不可告人的秘密一般，慌乱地眨着眼睛。

都是声音。

瑠雨在纸上写下的，全是美丽的声音。

不是看到的，而是听到的。

是用耳朵感受到的美。

这种表达方式，我真是一点儿也没想到。我甚至觉得，除了瑠雨，班里大概不会有人想到和声音有关的词语吧。

难道说，瑠雨有一双特别的耳朵？

这个意外的发现，让我对瑠雨有了新的看法。

瑠雨不只是一个不说话的孩子，虽然她的嘴巴像对这个世界毫无兴趣一样紧闭着，但说不定她的耳朵一直在忘我地感受着世界上的一切，聆听着各种各样的声音，从不停歇。

我的好奇心被激起，一双眼睛不想放过瑠雨的一举一动（有时，她会停下来，目不转睛地盯着什么东西）。终于有一天，我把这个秘密告诉了达仔。

“喂，达仔，不说话的瑠雨，可能是听觉上的高手哦！”

听了这话，达仔告诉了我一些更厉害的事情。

“这并不是什么值得惊奇的事，通常视力不好的人，听力都非常发达。瑠雨语言表达能力弱的部分，也许就发挥在不同寻常的耳朵上了。”

“欸？”

我大吃一惊，心情也随之激动起来。

“不同寻常的耳朵是什么样的耳朵？难道，是天才？瑠雨是听觉的天才？”

被我紧追不舍的达仔从鼻子里哼出一句："谁知道呢！"

"与其问我，不如直接去问瑠雨啊。"

"可是瑠雨不跟我说话呀。"

"真正的朋友，不说话也能知道彼此在想什么，这就叫'心有灵犀'！"

"别说什么'真正的朋友'了，我连我们算不算朋友都不知道，至少不知道瑠雨有没有拿我当朋友。"

"那你们先拉近距离呀。"

真是笼统的建议！不过达仔说得有道理，我如果想更多地了解瑠雨，想挖到班里所有人都不知道的秘密，首先要做的，就是接近她。按我和她现在的关系，我是听不到瑠雨能听见的那些声音的。

于是我开始制定友情作战计划。

"瑠雨！"我大胆地向她发出邀请，"今天来我家玩吧？”

事情发生在第五节课后，我俩从音乐教室返回班级的路上。

瑠雨虽然不说话，但会唱歌。音乐课上，大家一起合唱《真红之秋》的时候，我看到她嘴唇微动。这个新发现顿时让我兴奋起来，决定立刻实施我的作战计划！

正想着“这样做是不是太着急了”的时候，就发现已经晚了。

瑠雨在楼道中央停下脚步，一双大眼睛直愣愣地看着我，睫毛忽闪忽闪的。

“啊……那、那个……其实，我有件事情想拜托你！”

事到如今，我已无路可退，只好鼓起勇气继续作战。

“如果可以的话，瑠雨啊，我想让你帮我听听达仔——我外公——唱的歌谣啦！”

空气突然安静下来。

甚至可以听到瑠雨睫毛闪动的声音。

“说来话长，我外公参加了街道的歌曲爱好会，每天都在家里大声练习唱歌，唱得特别难听，而且真的很吵，我和我妈都受不了了！然而外公他自己却错误地认为自己很有演唱才华，还说只要勤加练习就能飞快进步。我和妈妈都跟他说了这是不可能的，可他就是不理不睬，还说什么‘你们懂个啥’！所以啊，我想让你用这双天才的，啊不对，是客观的耳朵，来听听外公唱的歌谣，再把你的感想告诉他……”

达仔的歌谣真的让人头疼，一提起这件事，我就停不下来，一股脑儿对瑠雨讲完了来龙去脉。“如果是瑠雨的意见，那达仔应该能听进去，也许他就会清醒过来了。”

如果能请瑠雨来家里做客，定能迅速缩短我和她之间的距离，成为好闺蜜！顺便，如果瑠雨判定达仔没有唱歌的才能，让达仔丧失自信放弃唱歌的话就更好了，可谓一石二鸟！

如此巧妙的作战计划，让瑠雨的睫毛闪个不停。我看着她那一筹莫展的表情，越来越觉得没戏唱了。果然不行啊，确实，平时连话都没说过（一直都被我强行搭话）的同学，忽然邀请人家来家里玩，还让她来听外公唱歌谣，这种事任谁听到都会拒绝吧。

“我知道了，没事，没事的，对不起啦。”不能强求于人，最近一直把这句话铭记于心的我，干脆地选择撤退，“本来我也没报什么希望啦，果然，我太难为你了，你就把这些都忘了吧，听外公唱歌谣这种事……”

多么愚蠢的作战计划！这么一想，我更觉得羞愧了，连耳根都在发烫。

我捂住通红的脸，试图逃离现场，结果背后像是被什么东西拉住了，一回头，是瑠雨！她用那纤细的手指抓住了我的衣角。

“瑠雨？”我偷偷看向她的脸。

瑠雨的睫毛不再扑闪，虽然表情依然苦恼，但那双大眼睛正非常罕见地直视着我，仿佛要对我说些什么似的。

对视了十秒左右，我不由得发出惊呼。

“欸？难道说，你愿意来听我爷爷唱歌谣？”

瑠雨用力地点了点头。

说来就来，当天下午放学后，瑠雨真的要来我家了。这下反倒让我有些惊慌失措。

“你真的愿意来吗？真的可以吗？真的吗？”

在从学校去我家的路上，我问了她无数遍，瑠雨只是默默点头回应，仿佛很早之前就有了这个约定，毫不犹豫地跟在我身后。

瑠雨很可能是个颇有胆识的女孩子呢——这种想法在她走进我家时变得无比坚定。

我家的玄关墙上，贴了一些恐怖的大海报，因此来做客的人每次走到这里都是一副仿佛要进入恐怖森林的犹豫表情。然而，瑠雨一点儿也不害怕，一脸镇定地从海报前经过。

不仅如此，达仔房间里摆放的河童面具等各种奇怪的装饰，都没使瑠雨退缩半步。第一次见到达仔，瑠雨虽然没有开口说话，但也颇为礼貌地鞠躬示好了。

“哎呀呀！你就是传说中的瑠雨呀，愿意听吾这老头子唱歌谣，哎呀，真是不胜感激！”得知瑠雨来我家做客的原因，达仔像个孩子般欢呼起来，“那么，我开始了！”

“等一下，达仔！”我慌忙地把客人用的坐垫拿了过来。

达仔直挺挺地坐在自己的专属坐垫上，我和瑠雨坐在他对面的客用坐垫上。看到我直接抱膝而坐，坐在我旁边的瑠雨也这么做了。

达仔看上去精神焕发，整个人虽然不修边幅，却一脸认真，还颇有架势地咳了几声，清了清嗓子，可刚一开始演唱，他就回到了平时的模样，只不过今天唱得更大声了！

那声音简直难听到不属于这个世界，用妈妈的话说，就是“暴力的”“破坏性的”声音！平时大声演唱的时候，就已经够刺耳了，而今天的达仔比平时更用力，可谓热情洋溢、魄力十足，音量也翻了个倍，仿佛达仔的身体里装着一个能发出巨大声响的家伙，简直是“歌唱的人间地狱”啊！

大概是因为达仔以一人之力唱出了无数人份的噪音，所以还没唱几分钟就开始出汗了。明明已经快冬

天了呀！

当然，窗户早已关紧，噪音充斥着整个房间。

瑠雨不会受不了了吧？我偷偷瞄了她一眼，发现她连眼睛都没眨一下，怔怔地看着达仔，仿佛受到太大刺激，即使想移开视线，也无力做到。一动不动的瑠雨此时更像个洋娃娃了，也许为了摆脱这种折磨，她的灵魂已经离开身体，在黄昏的天空中游荡……

求求了，你的灵魂一定要安全地回来呀！

达仔的激情演唱持续了近二十分钟，在这期间，我一直坐立难安，不堪忍受这声声巨响，现在终于结束了，我也松了一口气。

“瑠雨，你没事吧？”

瑠雨的表情没有丝毫改变，那空洞的眼神，吓得我赶紧用手摇她的肩膀。

“没断气吧？”

瑠雨一动不动，也不知道有没有听见我说的话，只是睁大眼睛呆坐在座位上。

“瑠雨？”

我大叫一声，终于，她动了。

让人不敢相信的是，她动的竟然是嘴！

“那个……那个……”瑠雨那双又大又黑的眼睛，有点湿润地望着达仔。她居然说话了。

“我……很感动。”

瑠雨说话了。

紧闭的大门忽然打开，这一次轮到我彻底呆在原地，震惊到连呼吸都快停止了。

瑠雨说话了？

怎么可能？但这的确是瑠雨的声音。不是“是”“不是”“嗯”“嗯嗯”之类的个别字眼，而是真正的话、有具体含义的话！是我第一次听到瑠雨说出的话！

而且是“感动”两个字！

“哦？得到了瑠雨的认可，真是可喜可贺啊，那么，请听吾再来高歌一曲！”

大意了！我还没来得及反应，达仔便开始唱起第二首歌。明明谁都没说要再来一首，可达仔自己兴致勃勃，不管三七二十一，便火力全开、自信满满地大唱特唱起来。达仔他显然高兴过头了。

作战失败，太失败了！不过，这都无所谓了，因为瑠雨说话了。

瑠雨说话了！瑠雨说话了！瑠雨说话了！

我一边忍受着达仔刺耳的歌声，一边看着瑠雨一动不动的睫毛，心里无数次大声喊道：瑠——雨——说——话——了！

2 瑠雨

“躲避球也很可怕，但还是比篮球好，毕竟朝我冲过来的是球而不是人！虽然很害怕被打到，但只要疼一次就结束了，我会假装不甘心地退到场外，其实心里总算松了口气——终于不用再躲球了，因为界外是和平地带呀。”

界外是和平地带呀。

风香的这句话让我大为震惊，因为这句话仿佛是在说我。

我们一起往体育馆的方向走。走到两栋楼的通道时，透过窗户，我看到了正在中庭玩耍的鸟儿，然而此时我的脑里全是关于“界外”的事情，连鸟儿的歌声都没听进去。

我一直生活在“界外”。

闭着嘴，一言不发，永远在大家的圈子外面。

不过我所想象的那条区分内外的线，和躲避球的界线不太一样。非要说的话，就像跳大绳一样，有人拿着大绳的两边，摇起手臂，甩出弧线。先是一个人跳进去，再来第二个、第三个人，跳在其中的人越来越多，接下来轮到了我。我非常紧张，紧张到迈不开腿，总是抓不准时机。每当我想一鼓作气冲进去的时候，就被甩过来的大绳止住脚步。明明大家都能若无其事地跳进去，只有我，怎么都进不去。

每当我加入不了大家的话题时，都有这样的感觉。只有我一个人，在圈外默默地看着大家。

三岁，或是四岁？自从开始记事以来，一直如此。和大家聊天，用语言交流，是任谁都能轻易做到的事，除了我。明明心里有很多话想说，却怎么也说不出口。

为什么只有我一个人是这样的?

小时候，我觉得这很不可思议，同时也很寂寞，觉得只有自己被大家抛弃了。

然而，随着我一年又一年地长大，久而久之，便也习惯了这样的自己。而且一旦开始习惯，便能感受到圈外也有其独特的和平之处，正如风香说的那样。

只要不试图强行加入圈内，就不会被大绳打到，也不会因为没跳准时机被大家围攻。在圈外，我只要按自己的节奏来就好，不必战战兢兢地配合大家的步伐。

而且，圈外的世界非常安静。

在这里，不说话的我，捕捉到了很多声音：大家的一言一语、一颦一笑、轻声叹息、不屑咂舌、无言哭泣……

我把语言的能力，都用在耳朵的开发上了。我拾起大家的声音，默默记在了心里。

不只是人类的声音，能被拾起的声音是无限的。

雨水滴落的声音。

风的呼啸声。

树叶沙沙作响。

鸟鸣声。

猫叫声。

飞机的轰鸣声。

窗户吱呀作响。

椅子被拉动的声音。

这个世界充满了太多的声音，有时我会觉得，光是收集这些声音，就已经足够忙碌了。即使是在听别人讲话，我也会被从天而降的其他声音吸引，上课时也常被操场上的嘈杂声带走注意力。

身处圈外的世界，我独自忙碌着。

当然，我没跟任何人说过，大家都觉得我是一个不会说话的人，并且也无从知晓我有没有听别人讲话。

“瑠雨，你又在发呆了！我的话你有听吗？”那天我又被风香吐槽了，她说，“瑠雨每过五分钟就会开始发呆呢，不过这样也挺好的，嗯，挺好的，趁现在多发发呆，待会儿达仔唱起歌谣来，想发呆都没戏咯！”

一个多云天气的放学后，我和风香一起走在两边都是樱花树的陌生路上，目的地是风香的家。我之所以发呆，是因为路上有很多落叶，红色的、黄色的，它们贴在地面上，脚踩在上面会发出“嘎吱嘎吱”的声音。

“你一定要、一定要做好心理准备，达仔的歌声真的太糟心了，大概比你想象中要难听上百倍、上千倍、上亿倍……”因为不知道比“亿”更大的数学单位是什么，风香停顿了一下，接着说道，“上十亿倍哦！”就这么糊弄了过去，“总之，那真就像严刑拷打一样可怕，对第一次听的人来说可是相当重呢。”

不知道这是真心话还是客气话，总之风香的说法让我对外公的演唱产生了兴趣。

一般情况下，说到老年人的演唱，通常都是演歌[①]之类的，可风香的外公唱的却是流行歌曲。究竟是源自哪个国家、什么样的歌曲呢？外公的歌声会是怎样的声音呢？“相当重”指的是“重金属”风格吗？

对于从没遇见过的新的声音，我总是十分向往的。越是稀有的声音，就越令我心动。

当然，如果邀请我的不是风香，不管有多想听，我应该也不会跟着去吧。

---

① 演歌：日本特有的一种歌曲，可以理解成日本的经典老歌。

“对不起，我总是唠唠叨叨地说个没完，不过达仔唱歌真的太让人头疼了。每天从早到晚他就像怪物一样叫来叫去，声音响彻整个屋子。无论是在泡澡，还是在吃零食，无论是在上网，还是在看电视，总之不管在家里做什么，背景音乐永远都是达仔唱的流行歌，特别是学了新歌，他还会追到我和妈妈的房间来，非要我们听他演唱。”

风香总是对我说个不停，她的声音就像自由的小鸟，轻快明亮，用 do re mi fa 来说的话，肯定是 la，是与蓝天碧草最为匹配的声音。我在小学一年级就觉得她的声音很好听，虽然这声音也曾离我远去，但自从风香所在的五人小团体解散后，远去的声音忽然又回到了我的身边。

已经习惯一个人行动的我，并不想强行和谁同行，但风香的声音让我感到很舒服。

“话说回来，我和妈妈都很受外公的照顾，所以也不会去埋怨什么。”风香的声音忽然降低了半个音调。

“说实话，我妈是逃出来的，当年她不顾父母反对结了婚，结果不出意料在六年前离婚了。刚分开的时候，妈妈自尊心很强，觉得事已至此绝不能再回自己家，就带着我出来住了。生活很困难，但自从达仔搬进来后，我们不再为钱愁苦，饭菜也更丰盛了，这些方面是真的很感谢他。”

风香用大人的口吻说到“感谢”一词的时候，一阵风呼呼地吹过，盖住了她的声音。

“不过，菜肴再怎么丰盛，那个歌声真的还是算了吧，听一回得减几年寿。真希望达仔能早点发现自己在唱歌方面毫无天赋的事实，赶快找个别的兴趣爱好发展一下，围棋也好，盆栽也罢，总之来个安静点的就好……”

“所以拜托了瑠雨，”风香的声音又恢复了之前的音调，说，“听完达仔唱歌，我就问你：‘觉得怎么样？有没有唱歌的才华？’然后你就遗憾地摇摇头，一定要带着遗憾的表情，狠下心来使劲摇头，拜托啦！”

想说的话都说完了，风香像是要带兵出阵似的，目光直视前方，脚下唰唰地踢着落叶，大步流星地往前走。

为了不被落下，我奋力追赶她的背影，同时，我意识到了两件事。

一是风香因为受到外公的照顾，所以她不愿亲自开口否定外公，这才请我出马做这件事，由此可见，她是个非常温柔的人（但却让我替她当坏人，这要怎么说呢）。

二是家家有本难念的经。

我家也是如此，虽然谈不上什么特殊情况，但和普通家庭相比还是不太一样。我父亲是康复科医生，母亲是护士，两人在同一家医院工作，一年到头都非常忙碌，几乎没时间在家。为了珍惜为数不多的家庭时间，他俩只要在家，就会互相说个不停，比我小两岁的弟弟也很爱说话，可以说一家人都是这样的性格。

我在学校虽然不说话，但和家人还是会偶尔聊一聊的，而且也不觉得勉强。

父母在工作中见过各种各样的患者，所以他们对我的状况虽然也有些担心，但从没显得很夸张。我很庆幸自己有这样的父母。

只有一次，父亲问我要不要去看看心理科，我说："不了，也不影响什么，就不用了。"

父亲苦笑道："就算你说不影响什么，可是现在这样……"

而这确实是一直生活在圈外的我的真实想法。

假如我去了医院，那么我就从"不讲话的孩子"变成了"病人"，情况一下就严重了。那些不清楚我实际情况的人，知道后一定会朝我围过来，我不喜欢这样。

现在，我并没有因为不说话而吃什么亏。狗啊，鸟啊，很多动物不说话也可以好好生活，人类却非得说话才行，真是很麻烦的生物。

经过一段平缓的上坡，我们就到了风香的家。坡上走到一半的时候，便能渐渐听到缓慢的流水声，等爬到坡顶，一条河流映入眼帘。那条河的前面，新老房屋交替而列，风香的家则是那座老房子。

那是一栋木造的房屋，砖红色的屋顶，古香古色。

“我回来啦！达仔，瑠雨来听你唱歌啦！”风香大声喊道，随后开始敲门。宽阔的门廊里，种在花盆里的萝卜长得都快要把盆撑破了。玄关处的墙壁上贴着一张“世界毒蘑菇 88 种”的特大海报，看上去气势十足。

“瑠雨，别客气，快进来，达仔肯定高兴得要跳起舞来了！”

风香边说边咚咚咚地上了楼。

我不紧不慢地跟在她后面，开始为与“重金属外公”见面做心理准备。穿皮衣？大长发？戴着印花头巾？就算没法张嘴说话，我也要在心里好好和对方打招呼。

结果，真到了面对面的时刻，我整个人都惊愕不已，心里只剩下一串省略号。

眼前的外公满脸笑容，和我心中想象的形象大不相同。

第一印象正如登上宝船的大黑天①一样，圆圆的

① 大黑天：日本七福神之一，开运招福之神，民间流传其形象为头戴黑巾、肩背布袋、手持木槌、脚踏米袋。传说七福神聚在一起乘宝船而来，为人间带来福运粮财。

脸上带着红润的光泽，和蔼的双目眼角微垂，也不是什么大长发，更没有缠着花头巾，那光溜溜的一片——明显已经秃了。

“哎呀呀！你就是传说中的瑠雨呀，愿意听吾这老头子唱歌谣，哎呀，真是不胜感激！”外公讲话颇有江户男儿的风范，正当他要一展歌喉的时候，风香突然喊道：“等一下！先让我给客人拿个坐垫。”

风香拿给我的坐垫是斑马条纹模样的，外公则坐在我们对面，他的脖子上戴着一条金黄色的项链，上面坠着一个像独角兽一样的木雕挂饰。房间一角的小小佛坛前摆着一张照片，照片中是一位穿红色连衣裙的女子。我感觉自己进入了一个奇妙的世界。

“咳、咳、嗯嗯！那么……”

外公开始演唱他的流行歌曲。不，这完全不是流行歌曲。我侧耳倾听，这哪里谈得上是流行歌曲啊，简直都不在音乐的范畴内！

我从没听到过这种声音。

这是什么？

外公宛若一只梦幻生物登场，发出不同凡响的独特叫声，如此魔幻的声音，时而激昂，时而婉转，时而嘶哑，时而低沉，可谓变化多端，难以捉摸。

我的耳朵努力适应着，试图辨别这声音到底是什么。念经？咒语？不对——我似乎听出来了一些。节奏！没错，虽然没有贯穿始终的旋律，但这声音是有节奏的。不仅如此，我在仔细聆听的过程中，又有了新的发现——歌词！没错，还有歌词。外公不是在一通瞎叫，而是在诉说着什么。意识到这点后，梦幻生物的叫声，也能渐渐听出是人类的歌声了。

之所以一开始听着不像歌声，一是因为外公五音不全，二是因为外公唱的可能是古语。像"摘新叶""情难却""在雪下"之类的，外公的歌声里尽是些宛若出自《百人一首》的古语。

也就是说，这是古人创作的歌曲！这个发现瞬间使我“耳洞大开”。我沉醉其中，收集着这些从遥远时代奔腾而来的稀有言语，它们比现代日语更为柔软，我的耳朵温热起来。

那些言语，乘着轻快的节奏，唱出了一个我从未见过的世界。

山间雾气弥漫
白雪融化之时
无论何人
不管何事
终将难逃一劫

啊，太有趣了，我听到了很厉害的东西。

我被这生来第一次听到的“噪音”深深吸引。

竟有这样的声音！

竟有这样的歌曲！

这真是一个大发现！人们唱起过去的歌，带回了从前的声音。

回家的路上，下雨了。

我很喜欢下雨天，雨声大概是这个世界上最好听的声音了，我想这可能是因为我的名字里有“雨”字，风香的名字里有“风”字。

雨和风——虽然这算不上什么理由，但和风香在一起，我不用勉强自己。

“瑠雨，真的很感谢！虽然作战计划失败了……可以说是太失败了！不过我从没见过像今天这么开心的达仔，真不错啊，我想达仔肯定也是第一次遇到有人愿意这么认真听自己唱歌。”

风香不仅把伞借给了我，甚至还要亲自送我回家。

她一脸高兴的样子，想必不只是因为外公很开心，一定也因为我说话了吧。

“我……很感动。”

意识到的时候，这句话已经脱口而出。

连我自己都非常惊讶。我竟然和家人以外的人，这样说起话来。

虽然风香的家里有面具、外国人偶之类的奇怪摆设，但那里没有“大绳”——那根将我与其他人隔开的大绳，或许是外公那自由奔放的歌声帮我切断了绳子。

这么想着，我看向旁边，发现风香把刚才还高举着的雨伞压得很低，低到能挡住头的位置，像枯萎的小草般垂头丧气的。

突然间这是怎么了？我使劲盯着她看。

“瑠雨，那个什么……”风香用雨伞挡住侧脸，悄悄对我说，“这话我是第一次说，以前和桃香她们在一起的时候，我其实不怎么招她们喜欢。”风香的声音和往常不同，带着一种湿润的、短促的声调，“我说话又臭又长，很烦人，穿衣服也土，铅笔盒也很普通，所以其实根本没人喜欢我，这也没什么可说的。但是，我的铅笔盒，是妈妈给我买的。明明家里没那么富裕，而妈妈给我买的虽然不是什么大牌，但也不是便宜货。”

风香的声音有些颤抖。

“我真的非常不喜欢别人说我妈妈和我外公的坏话，真的，真的非常讨厌。然而，当我和她们分开，变成一个人的时候，其实心里非常害怕，所以你能和我在一起真的太好了，真是救了我的命！不过我一讲起话来总是没完没了，这真是一点儿也改不了呀！所以，如果瑠雨也觉得我很烦人的话……”

很烦人？才没有呢！

虽然我很想这么说，但不知为何就是发不出声音，一着急嗓子就像完全卡住了一样。没办法，我不得不将手里的伞往旁边晃了晃，风香注意到了我的举动。

“真的吗？”她的声音明朗了些，这下我又把伞竖着大幅度地摇晃起来。

“太好了！”

终于，风香的伞又抬高了，伞下的她露出了美丽的笑容。

“啊，说起来，达仔虽然看上去是那个样子，其实还是个冒险家呢。以前旅行的时候肚子饿了，不管三七二十一就摘了路边的蘑菇烤着吃，结果吃到了有毒的蘑菇，失忆了整整三天呢……”

风香恢复了之前的语气，开始欢快地讲述着外公吃毒蘑菇的冒险故事。

那悠然自得的声音，时不时地，和风雨的伴奏，重叠在一起。

喋喋不休。

淅淅沥沥。

轰轰隆隆。

被这充满生气的声音包裹着，我感觉自己进入了一个庞大之物的内部。

3 达次郎

洗澡水是越热越好。把脚放进去的时候，要有点儿刺痛的感觉，这时候要稍做忍耐，马上就能感觉到热气渗入其中的那股暖意，接着将整个身体浸入水中，全身上下简直舒服透了。

“哈！这洗澡水真不错啊！”

这就是那种，情不自禁脱口而出的话。

“极乐！极乐！”

心情大好，吾唱起歌来。

当下，吾正在拼命练习一首《二人静》，这也是受到外孙女朋友认可的一首歌曲！

兴致正高的我，刚想再来几首安可曲给大家听听，门外就传来了哒哒哒的脚步声。

“达仔，声音太大啦！”

透过满是雾气的玻璃，风香大喝一声。

“你这是扰邻行为！”

风香每天晚上都会跑来抱怨。就这种程度，今晚吾可没这么容易泄气！

“什么扰邻行为？这是被天才少女盛赞的歌声，免费唱让你们听，可是你们的福气！”

哈哈哈哈哈哈哈哈……笑声响彻整个浴室，今天连风香也没法反驳吾，只闻一声叹息，她走开了。

“噗！”

实际上，正因为托了吾的福，风香和瑠雨变得更亲近了，所以风香她现在高兴着呢。

吾把热水泼在自己收不住的笑脸上。

风香突然把瑠雨带到家里来的时候，吾真是大吃一惊。可一见面，吾便觉得这是个聪明的孩子。虽然吾知道她不说话，但她的眼神却是如此的坚定，一下子就发现了吾的才华，果然是个好苗子啊。

人生路漫漫，不必急着去做周围的人都在做的事情，十年后或者更久一些，瑠雨也会自然而然地说话吧。遇到心仪的男孩子会说些甜蜜的话，再过二十年，也许连外国话也能说得很流利。“未来可期，正是如此呀！”

吾的眼中映出了孩子们的未来，她们是如此耀眼夺目。吾想象着这一切，眯起眼睛，再次纵情高歌起来。今晚状态太好了！

实在羞愧难当

心中未曾忘怀

仿佛旧日回忆重现来此了结

说实话，每句歌词唱的是什么意思，吾也不太懂，但不管是什么歌，吾一唱就会想起去世的妻子。明明说着“汝可别比吾先走”，却在七年前先撒手人寰。

女儿和孙女的到来使家里变得热闹起来，但没有谁能填补妻子在心里的位置。无论屋里多热闹，吾的心里还是空荡荡的。

即使如此，吾随便唱起歌谣的时候，现实与想象的界限会消失不见，那是吾最接近妻子的时刻。

花下树旁借宿

风雨扰人清闲

今宵难眠，花落梦消散

吾放大嗓门高声歌唱，这时，浴室外又传来一阵哒哒哒的脚步声，“哗啦”一声，浴室的门被拉开了。

“达仔！”

“就算是孙女也不能偷看人洗澡啊！”

透过渐渐散开的雾气，吾发现风香的表情十分僵硬，像鸽子吃了豆子子弹[①]一样。

“出什么事了？”吾压低声音问道。

“达仔，你冷静地听我说，那个，刚刚，瑠雨的妈妈打电话过来……”风香像吃了发霉的梅干似的惊恐地说，“瑠雨说要加入达仔所在的歌曲爱好会！”

“什么？！”天哪，这完全超乎吾的想象！哪里是豆子子弹呀，简直是反坦克火箭炮呀！吾一头扎进了热水里。

人生啊，将来会发生什么，永远没人知道。

---

① 鸽子吃了豆子子弹：形容人突然大吃一惊，目瞪口呆的样子。

明日之言

中垣愉孝 绘

我和父亲两人搬到了福冈县。

这里是一个田野广布的小镇，也是父亲的故乡。

可对我来说却是完全陌生的地方。

“新生活要开始了！”父亲干劲十足，但除了这份仅有的激情，新生活所需的相关知识和技能，可以说，他是一窍不通。比如：洗完的衣服要先抻一下再晾干，否则会有褶皱；无线吸尘器其实很容易断电；鸡蛋只用三分钟是煮不熟的，等等。

“哦哟！啱好半熟呀！”

看着迅速回归家乡话的父亲，总有种“用力过猛”

的感觉，我发现自己跟不上他的节奏，不知道自己能不能和一个连鸡蛋都不会煮的人一起迎接今后的生活，心中满是不安。

母亲依然是我的母亲，所以她每天都会跟我联系，然而她已经不再是父亲的妻子了，所以父亲过得怎么样，她似乎一点儿也不在乎。

我虽然打算“自己的事情自己解决”，但却不像父亲那样充满激情。即使心里想要打起十二分精神，可还是会像在使劲吹一个漏气的气球一样，劳而无获，只剩下疲倦。

从新房间的窗户向外望去，远方那连绵不绝的山峦，在我眼中就像“禁止通行”的高栏一样，令人忧郁。

搬家后的第三天，我开始了新的小学生活。新班主任大村老师还很年轻，看他那宽阔的肩膀便知道一定是练体育的。

第一次见面，大村先生就露出满口白牙，用粗犷的声音对我说："六年级二班是个好班，所以尽可安心咯，我保证没有人会欺负你，要是真有谁敢欺负人，看我不把他打个半死！我每年都要这么说一说。"

听到这番话，我松了一口气，但仍有些害怕，"打个半死"？

无论如何，我模模糊糊地感觉到六年级二班确实是个不错的班级。

"我叫长沼裕，因为大人们的一些事情，所以搬到了这里，请多关照。"

我感觉自己的"转学生自我介绍"可能有点儿装酷的意思，不由得低下头来，再抬起头的时候，发现大家那认真的眼神里充满了对"一些事情"的好奇。

一到休息时间，男孩子们就一个接一个地来到我身边。

“你是从哪里来的？”

“哦哟，好时尚的地方哦！”

“你有遇到过艺人吗？”

“你现在住在哪里？”

“你之前是哪个部的？”

“你在之前的学校有什么绰号？”

一个问题接一个问题，但是，没有一个人提到“大人们的一些事情”。

“想不到大家还挺成熟的。”我在心里暗暗想着，然后对每个问题都尽量做出合适的回答。

“神奈川县横滨市。”

“不在市中心，完全不是什么时尚的地方。”

“没人气的艺人倒是见过。”

“三丁目的朝日公寓。”

“是体操部。”

“裕。”

我每回答一个问题，同学们就像娱乐记者一样“嗯嗯”地点头，丝毫没有嘲讽的表情，大家都很友好，真是和谐的班级。

“可能我是个比较幸运的转校生吧。”我冷静地想。然而不知为何，我感觉这一切像是发生在别人身上。我冷静过头了，心里一点儿也不激动，完全兴奋不起来。围在我身边的所有面孔，在我眼里都是一样的，就算想把他们的名字和脸对上号，也没那个精力。

身在横滨的朋友们，此时此刻，也正过着和昨天一样的日子吧。

想到这点，我就有种“只有自己正呼吸着不一样的空气”的心情。

“裕，你还好吗？”

“吃到博多明太子了吗？”

“小裕不在我好寂寞哦。”

“有遇到可爱的女孩子吗？”

“裕那么坚强，肯定没问题。”

“裕走了以后，我一看到课桌就会有种‘啊，他真的不在了’的感觉。”

“学习可别泄气呀！在那边也要名列前茅呀！”

“交上一百个朋友了没？”

“你可别忘了我哦！”

横滨的朋友们每天都会给我发来消息，看着它们，我很开心。然而，这些都是“远方的话”，从我不在的那边传来，并且，每天都在减少。

渐渐地，横滨离我越来越远。

“有没有好好吃早饭？”

“晚饭吃的什么呀？一定要多吃蔬菜。”

“饭前少吃点零食。”

“在学习吗？总是发呆的话，小心被横滨的朋友们远远甩在后头哦。”

“等到第二学期的时候，再报个补习班吧，我也帮你找找。”

“交到新朋友了吗？”

“新学校没有体操部真是太遗憾了。”

“千万别熬夜，游戏要适可而止，睡前不要喝甜饮料。”

“不要不回消息！”

母亲也和从前一样，每天都会给我发很多消息，而且数量从来不会减少。

然而，他们仍然是遥远的，也在离我慢慢远去。

来福冈的第二周，班里的同学已经习惯了我的到来，我也习惯了自己转校生的身份。但“习惯”和“融入”是两回事。

我到底是个转校生，和大家的说话口音不同，迄今为止的成长轨迹也不一样，小时候上的幼儿园、毕业旅行去的地方、学生餐给的饭菜，全都不一样。

“有困难的地方不？”

“小考的范围知道不？”

“如果学生用的厕所排队，也可以去老师那边哦！”

大家还是一如既往地照顾我，经常找我搭话，我虽然也有好好回答，可就是觉得越来越提不起精神。

“怎么样，长沼，精神可好？健康的男孩子就是要朝气蓬勃哦！得有活力！活力啊！”

大村老师这种热情的劲头也让我感到疲惫。

“裕，原来微波炉做不了玉子烧，父亲我又长知识了！”

家里也有家里的烦恼，作为新生活的“一年级新生”，父亲在厨房一番折腾，而我一点儿食欲也没有了。

我究竟该如何是好？

偶尔会忽然心生不安，明明没做什么事，却从早到晚都觉得很累。

学习上也打不起精神来，更没心思去玩什么游戏。

从横滨的朋友和母亲那边传过来的消息，最近也不太会让我感到高兴了。

大家都在用各种话鼓励我、安慰我，但我感觉自己真正想要的似乎不是这些。

“玩不玩警察抓小偷呀？”

当我一如既往地默默熬到放学，准备一个人回家时，收到了班里男同学的邀请。

“警察抓小偷？”

我刚想问“这是啥”，就一下子意识到这有可能是我知道的那个游戏。

“是‘小偷和警察’吗？”

“小偷和警察？”

“类似捉迷藏的那个，小偷和警察分角色玩的游戏。”

“嗯……欸？横滨管‘警察抓小偷’叫‘小偷和警察’啊？”

“嗯。”

“原来如此！”

在福冈，警察抓小偷这个为大家所熟悉的游戏，在横滨叫作“小偷和警察”，知道这个事情后，福冈的同学们大受震撼。

“惊呆了！明明是同样的游戏，‘警察’和‘小偷’居然反着叫！就像把‘口袋妖怪’叫成‘妖怪口袋’一样啊！”

“这倒是不太一样吧……”

“话说回来，横滨的小偷可真厉害呀，都骑到警察头上了！”

“横滨的小偷地位好高啊！”

“横滨的警察太丢人啦！”

“那，今天咱们也不叫‘警察抓小偷’，就叫‘小偷和警察’怎么样？”

“好呀，我今天想当小偷！”

“我也要当小偷！”

“谁当小偷要公平地猜拳决定才行！”

男孩子们纷纷围了过来，你一句我一句地热烈讨论着“地方不同，小偷的地位也不一样”之类的事情，于是，大家决定玩一回横滨风格的“小偷和警察”(虽然游戏本质上没有任何变化)，甚至连平时一放学就直接回家读书的同学也加入了这次的游戏。

当然，我也加入了。

而且，作为将“新游戏”引进六年二班的功臣，我被免除了猜拳环节，直接获得了小偷的身份，甚至还被安上了“小偷组老大”的头衔。

大家吵吵嚷嚷地跑到外面，在夕阳下的校园里开始了“小偷和警察”的游戏，所有人都情绪高涨。

“难得当一回小偷，绝不能被那帮警察抓到！”

“低级警察没什么好怕的！”

“让开让开！小偷大人驾到咯！”

有了小偷可以逞威风的迷之规则，小偷组成员开始对警察各种挑衅、调戏，场面变得异常滑稽。结果每次一有人说话，大家就会笑个不停。有人凭空设定喝交杯酒能加强小偷同伙间的感情，我们甚至还在有人被警察抓到时，通过出色的团队合作外加一点点小心机实现了越狱的壮举。

我一次都没被抓到过。

因为所有人都在保护我。

“老大，这里很危险！快躲到水房里去！”

“老大你别勉强，放心交给兄弟们吧！”

“兄弟们！拼了老命也要保护好咱的老大！”

大家都在“老大”“老大”地叫着，为我挺身而出，用身体当护盾，拿自己当诱饵，拼命给警察捣乱，拼尽全力地保护我。其中甚至有人为了让快被追上的我顺利逃走，不惜冲到警察面前大喊“真凶在这里”，用自首来换取我的自由。

“老大，趁现在快逃吧！是您把无依无靠的我养大成人的，如此恩情，我现在就回报给您！”

大家明显已经把小偷和黑道混为一谈了。

在这种游戏设定下，大家的一举一动看起来都太荒诞、太搞笑了，结果笑到连腿都使不上劲，满地打滚。警察也“罢工”了，和我们一样在地上打着滚笑个不停。

我也笑到停不下来，浑身沾满了操场上的沙子，我已经很久没有像现在这样笑到肚子疼，连气都快喘不上来了。

大家在一片欢声笑语中尽情地追逐打闹，不知不觉，天色暗了下来，远处的人影已经看不清谁是小偷谁是警察了，“小偷和警察”的游戏就这样走到了尾声。

“差不多该回家咯！”

不知是谁喊了这么一句，意味着游戏画上了句号。

“我也是！”

“我也！”

告别的声音一个接一个，就这样，大家从小偷、警察的角色变回了普通的小学生，而我也变回了转校生。

“老大！”身后传来声音。我回头一看，是满脸笑容的小林同学。

“明天再来一起玩吧！”

就这么一句，非常短的、平凡的话语，在日本所有地方都能听到的一句普通的交际用语，此刻却让我的心像发射的火箭般冲出阴霾。

“明天见。”

“明天见。”

玩“小偷和警察”的时候明明跑了好久，回家的路上我依然一路狂奔，已经饿扁的肚子咕咕直叫。我穿过一片昏暗的田地，一口气跑回了家。

一想起小林同学的话，蹬地的脚就变得更加有力，内心升腾起一种从明天开始就能打起精神好好生活的美妙感觉。

小林同学对我说的话，是“明天的话语”。

是让初来乍到的我，通向未来的“明日之言”。

图书在版编目（C I P）数据

明日之言 / （日）森绘都著 ； 张苏译. -- 北京 ： 中译出版社，2023.3
ISBN 978-7-5001-7269-7

Ⅰ. ①明… Ⅱ. ①森… ②张… Ⅲ. ①故事－作品集－日本－现代 Ⅳ. ①I313.45

中国国家版本馆CIP数据核字(2023)第023175号

著作权合同登记号：图字01-2022-3464号

明日之言
MINGRI ZHI YAN
[日]森绘都 著 张 苏 译

策划编辑：邢 莉
责任编辑：张 猛
营销编辑：靳佳奇 王 宇
装帧设计：孙晓彤
版权支持：陈 卓
封面插图：阿部海太

出版发行：中译出版社
地　　址：北京市西城区新街口外大街28号普天德胜大厦主楼4层
邮　　编：100088
电　　话：（010）68359827，68359303（发行部）；（010）62058346（编辑部）
电子邮箱：book@ctph.com.cn
网　　址：http://www.ctph.com.cn

印　　刷：山东新华印务有限公司
规　　格：880 mm×1230 mm 1/32　印　张：5.75　字　数：35千字
版　　次：2023年3月第1版　印　次：2023年3月第1次

ISBN 978-7-5001-7269-7　定　价：68.00元
